高橋 大輔

家事する探検家

SAKIGAKE

さきがけ文庫

目次

※　本書は秋田魁新報の連載（二〇一二年一月から二〇二三年五月まで）をまとめたものです。文中の肩書や社会状況については、すべて当時のままにしてあります。

家事する探検家

善意の値段

正月を迎え、今年も初詣に出かけた。わたしはお賽銭《さいせん》にはちょっとしたこだわりがある。一回五円と決めているのだ。「ご縁」という語呂合わせに自らの願いを託したいという思いからだが、五円玉には百円や五百円玉にはない神通力があるような気がしている。それは賽銭箱に投げ入れたときの音が他のコインと少し違って聞こえるためかもしれない。中心に穴が開いているため軽やかで鈴のような音色が響く。金色に輝き、稲穂が描かれているところも実りをもたらす象徴と映り、縁起の良さを思わせる。

奈良でとある神社を訪れたときはちょっと困った。拝殿に進み出て賽銭箱を前にすると、貼り紙が目についた。

『お賽銭は百円以上でお願いします』

五円や五十円ではだめだというのだ。そもそも賽銭は任意ではないか。金額を指定するとはどういう神経の持ち主なのか。わたしは途端に拝む気を失い、その場を後にした。

考えてみれば似たような体験は他にもあった。外国でいつも困るのがチップの問題だ。アメリカで食事をした時のことだ。料理の合計額に一五％のチップを加えて払ったら、女の会計係が飛んできた。

「サービスになにか不行き届きな点でもございましたか？」

彼女はわたしに迫った。特別問題はなかったと答えると、今度は急に腹を立ててきっぱりと言い放った。

「最低限二〇％はちょうだいしませんと。何だかバカにされているようです」

一般に飲食店で働くフロア係はチップで安い給料を補っているとされている。しかしそうだとしてもそんな物言いをする人にはチップを渡したくもない。結局わたしは彼女が主張する不足分を払ったが、もともとチップは謝意であるはずなのに、定率であるというのは変な話だ。

チップと定義できないが、エジプトにも似たような習慣がある。バクシーシと呼ばれる施しだ。古代エジプト女王の墳墓を見に出かけた時のこと。墓室の入り口付近で三人の物売りに取り囲まれた。彼らはわたしにパピルスの絵やラピスラズリ（瑠璃）製のスフィンクス像を勧めた。あまりにしつこいので、一緒にいたガイドに助けを求めた。すると彼はバクシーシをくれるなら考えてもいいと言い、わたしに金額を提示した。しぶしぶ同意すると彼は三人の物売りを追い払い、わたしに三倍のバクシーシを要求した。ぼやぼやしているうちにまた別の物売りが近づいてきたのでわたしは墓穴に逃げ込んだ。するとそこは真っ暗闇だ。ガイドは懐中電灯をつけたり消したりして、わたしにまたバクシーシをせがんだ。財布が空になって、危うく墓穴から出て来られなくなるところだった。

エジプトには昔から「富む者は貧者に施すべき」という考えがあるらしい。そのため彼らには悪気がない。施しとは名ばかりの金取りなのだ。

賽銭、チップ、バクシーシ。人の善意に金銭で値段をつけるべきではない。やはりお賽銭はご縁を奉納するに限るのだ。

（2012・1・14）

童心に帰ろう

以前わたしは浦島太郎の研究にいそしんでいた。そう書けば今どき、奇特《きとく》な人がいるものだと思うかもしれない。

浦島といえば昔話として知られているが、最古の話をたどってみると『日本書紀』や『風土記《ふどき》』『万葉集』にまでさかのぼる。意外なことにルーツは古いのだ。そして古代の物語の中でもやはり浦島はカメと一緒に龍宮城へと出掛けていく。

浦島研究の大きなテーマの一つは龍宮城探しであった。わたしはある日、重要なことに気が付いた。人間は龍宮城の在りかを知る由もない。しかしウミガメはどうだろう。人間がたどり着けない海の事をいろいろと知っているはずではないか。ウミガメに龍宮城の在りかを尋ねてみればいいのではないか――。

科学技術が進歩した現在、動物に小型の発信機を取り付けて、移動ルートを調査する研究が行われるようになった。渡り鳥からクジラまでさまざまだが、ウミガメもその対象となっていた。生物学者はカメの背中に発信機を取り付けて、衛星通信を頼りに世界の果てまで追跡する。いわばウミガメの背中に乗って一緒に旅をする時代が来たのである。

わたしが講演会などで浦島追跡について話をするとき、聴衆の顔つきが一変するのはちょうどこの辺だ。最初は「何を酔狂な」と冷めた視線を投げ掛けていた人でさえ身を乗り出してくる。昔話の謎に科学技術で挑むことで、お話に込められた意味を新たな視点から解明できると期待するからかもしれない。

今まで聴衆から一番熱烈な反響があったのは高齢者が多数を占めるソーシャルクラブだった。一般企業の会長や顧問クラスが集まっていたので、わたしはウミガメ追跡プロジェクトのスポンサーが見つかるかもしれないと淡い期待を抱いたほどだ。夢を追うにも何かと資金がいるのだ。

講演が終わり何人かがわたしに近づいてきた。そして握手を求め、興奮気味にこう言う。

「童心に帰るような気持ちを味わいましたよ」

酸《す》いも甘いもさまざまな体験を重ねてきた人たちだけに、わたしはうれしくなった。

それからしばらくして小学生に同じウミガメ追跡の夢を語る機会があった。その子らはわたしの話の腰を折るように言う。

「おじさん、浦島太郎は昔話だよ。龍宮城なんてあるわけないじゃん」

一刀両断である。思わずわたしは「もっと夢を持たなくちゃいけない。子どもなんだから！」と叫びそうになった。しかし彼らの方が理屈が通っているから、ぐうの音もでない。子どもは至って現実的なのだ。

そのとき素朴な疑問が心によぎった。老人たちは程度の差こそあれ、自分たちを擦れっからしだと嘆き、純真な童心に帰りたいと憧れを抱いている。しかし当の子どもたちの心は本当に童心なのだろうか。浦島太郎を通して見えてきたのは童心とは大人が追う幻想にすぎないのではないかということだった。

童心のない子どもより、童心を追う大人でありたい。

（２０１２・２・18）

名前は何だっけ？

頭の中にイメージが思い浮かんでも、名前を知らないし説明するのもまどろっこしい。身近にはそんなものが結構ある。

例えば弁当箱の中でおかずを仕切っている緑色のビニールフィルムがある。草のような形に造形されたものだが、何と呼ぶのだろう。

調べてみるとそれはバランというようだ。語源は「葉蘭《はらん》」と書くユリ科の植物で、本物は高級料亭やすし屋で飾り付けに使われることがあるという。それらの店に縁遠いわたしはいつになっても名前を覚えられない。

パンの耳とはよく言うが、耳以外のところは何と言えばいいのか。一度悩み出すと、気になって仕方がない。パンの耳というくらいだから、「身」と言うべきか。ちょっと違和感がある。では「やわらかい部分」だとどうだろう。これもしっくりとこない。欧米ではパンの耳を「クラスト」、中身を「クラム」と呼んで言い分けている。名前がきちんとあるのだから、日本でも呼び方をはっきりさせればいいのだろうが、曖《あい》昧《まい》なままだ。

パンの話題が出たついでにもう一つ。市販の食パンを買うと、袋にプラスチックのとじ具が付いている。あれはパック・クロージャーというらしい。袋とじという意味だが、ストレート過ぎて味気ない。

名前はあっても曖昧なために旅先で困ったこともあった。宿で電気ポットのプラグを電源コンセントに差し込んだがうまく動かなかった。試しに他の家電製品を接続してみたが、やはり動かない。そこでわたしはフロントに電話をかけた。

「コンセントが壊れているみたいです」

「別の電気ポットをお持ちしましょうか？」

なぜか話が通じない。わたしは壁にある差し込み口をコンセントと言っていたのだが、電話に出た宿の従業員はプラグの方が壊れていると勘違いしたらしい。コンセントには配線用差込接続器という正式名称があるが、知っている人がどれだけいるかも怪しい。

そもそも名前とは何だろう。例えば学名で言うところのカニス・ルプス・ファミリアリスと言っても、その動物をイメージできる人は少ない。単純に「犬」と言えばいいのだ。名前とは人間同士が互いの認識を分かち合うために使う言語表現だ。

それは時にとてもまどろっこしいことになる。雑貨店に行って「バラン」と言うよりも「弁当などのおかずを分けるときに使う緑の葉っぱの形をしたもの」と言った方が、通じる確率ははるかに高いのではないか。ならばバランにとっては「弁当などのおかずを分けるときに使う緑の葉っぱの形をしたもの」の方が本当の名前ではないかと思えてくる。

似たようなことは人名でも起こる。例えば同姓同名だ。

髙橋大輔と聞けば、世間の人はフィギュアスケート選手を思い出すかもしれない。彼らにとってわたしを髙橋大輔と呼ぶのはかえってややこしく、「さきがけ紙面でたまにハチャメチャなことを書いている探検家」とまどろっこしく言う方が分かりやすいだろう。ちょっとバランの気持ちが分かるわたしなのであった。

（2012・3・24）

ジャンケンポン！

物事の順番を決めるとき、海外ではよくコイントスを行う。一枚のコインを回転させながら宙に放り投げ、受け取ってオモテかウラかで決めるやり方だ。サッカーの国際試合でも最初にボールを蹴るチームを決めるのに使われている。

わたしも英国に住んでいたとき、興味本位にやってみたことがある。何人かの友人とパブで飲んでいて、次に誰が酒を買ってくるかという話になった。わたしは友人の見よう見まねでポケットからコインを取り出し、頭上に投げた。ところが回転をかけすぎてしまったようだ。手のひらでコインがはじけ、床に落ちた。コインはそのまま多くの客で混雑したパブの床のどこかに転がっていってしまった。結局わたしは金を無くしたばかりか、友人たちのビール代も払わされるはめになり、財布の中はたちまち空になった。

もしこれが日本だったら、ジャンケンで順番を決めていただろう。それは子どもの遊びとみなされがちだが、日常を見回せば大人もよくやっている。

会社勤めをしていたころ、会議室の後片づけや宴会の幹事役をジャンケンで決めたことがある。上司が誰かを指名すれば不公平になるが、ジャンケンならば全員のあきらめがついて恨みつらみも残らない。勝敗を偶然に託すところがいい。

ところでいざジャンケンをするとなると、何やら儀式めいたことを始める人がいる。彼らは一様に手を組んで回転させ、その中をのぞき込む。そして隙間からもれてくる光の形をもとにグー、チョキ、パーのいずれかを決めて出すのだという。

わたしはその効力には懐疑的だが、相手が大げさなパフォーマンスをすればするほど、威力に押されて負けてしまうのではないかと不安になる。それはジャンケンを心理戦にすり替えようという陽動作戦なのだ。やはり無視するに限る。

英国のパブでコインを無くしたわたしは、ジャンケンのことを話題にしてみた。すると英国にも同じ遊びがあるという。彼らはそれをRPSと呼んでいた。ハイテク兵器でも思わせるような物々しい名前だが、何ということはない。Rとはロック（石）、Pとはペーパー（紙）、Sとはシザーズ（はさみ）の略だという。ルールは日本とほぼ同じだが、かけ声は「ジャンケンポン」とは言わず「石、紙、はさみ、一、二、三」と言ってそれぞれが手を振る。

ジャンケンは英国ばかりか、欧州各地にもある。ドイツで一戦交えたときはびっくりした。ジャンケンポン！　とわたしがグーを出すと、相手の少年は手を丸めてズイズイズッコロバシのようにした。そしてわたしに勝った！　と喜んでみせた。

一体、どういうことなのだろう？　少年はそれを「井戸」だと説明した。ドイツのジャンケンはどうやら三つではないらしい。石は井戸に落ちてしまうので、井戸の方が強いのだとか。さらにドイツのジャンケンには「火」もあるという。

たかがジャンケンで井戸に落とされたり火あぶりにされたり……。これなら下手なコイントスの方がまだましだ。

（2012・4・28）

尻拭い

先月始め、秋田市内の温泉に日帰り入浴に出かけた。平日の昼間だったので利用客は少ない。ゆったりとした気分を味わえそうだ。

わたしは内湯から露天風呂に出た。若者が一人で入っているだけだ。しかも運良くわたしが入ると彼はすぐに湯から上がり内湯に戻っていった。まさに貸し切り状態！

こんなことはめったにない。ところが喜びもつかの間、ちょっと困ったことになった。

彼は扉を開けっ放しで出て行ってしまったのだ。

日差しは春のようでも、まだ風は冷たい。開いた扉から冷気が浴場の中へと流れ込んでいく。内湯にいる人はきっと寒いに違いない。おーぃ。閉めろ！　わたしは心の中で叫んだ。

ところが彼はそのまま脱衣所へと姿を消してしまった。この若造め、何てマナーが悪いんだ。自分さえよければそれでいいのか。わたしは湯船の中でひとしきり腹を立てた。

やがて頭のはげ上がった老人が内湯から露天風呂に出てきた。彼はわざと音を立てて扉を閉め、湯船に入るなりわたしをジロリと一瞥《べつ》した。扉を開けっ放しで湯に入っている若造はお前か、とでも言いたげだ。

悪いのはオレじゃない！　わたしはそう訴えたい気分だった。しかし老人は無言を決め込んでいる。言い訳をすれば疑念が深まるような気がしてやめた。

わたしはカエルのように湯の中に体を沈めた。つまらない男の尻拭《ぬぐ》いはまっぴらだと意地を張ってしまったのが仇《あだ》となってしまったようだ。若者への怒りよりも、他の人への思いやりを行動に移せばよかったのだ。

そういえばアメリカでも同じような体験をした。トイレから出ようとしたときのことだ。すれ違いに入ってきた中年男がわたしに恐ろしい剣幕で叫んだ。

「おい！　待て」

どうやら彼はわたしが水を流さずに出ていこうとしているのだと思い込んでいるらしい。

わたしは二つ並んでいる便器の一つが汚れていることを知り、きれいな方に入った。そして外に出ると、扉の外で待っていた若い男が入れ替わりに入り、後からやってきた中年男はわたしが汚れた方から出てきたと勘違いしたのだ。

「流して出るのが常識だろ」

彼はわたしの前に立ちはだかった。わたしはトイレの壁に張り付けにされた。

「待ってくれ。誤解だ！」

しかし汚れた便器を前にお前だろう、いや違うとぶつかり合えば合うほど、なぜかこちらの方が分が悪くなってくる。自分の無実をその場で客観的に証明するのは難しい。わたしはぬれぎぬを着せられて、どんな目に遭わされるのかと恐れをなした。ちょうどその時、きれいなトイレから出てきた若い男が説明してくれた。そして間一髪のところでわたしの身の潔白は晴らされたのだ。

欧米人の感情表現はストレートだ。日本人とは随分異なる反応をする。特に社会悪と感じると徹底的に闘いを挑んでくる。本来は他人への思いやりですることだが、欧米では自己防衛のためにも他人の尻拭いをしておいた方がよさそうだ。

（2012・5・26）

イクメン中年

まだ一歳に満たない子どもがいると、朝五時には起こされてしまう。授乳中の妻によれば、赤ちゃんはすでに四時すぎには起きているようで、寝ているわたしの様子を遠巻きに観察しているらしい。しかしだんだん間が持たなくなり、わたしの顔を触りにやって来る。わたしも朝型の方だから、五時台ならば起きるのは苦ではない。家の中でじっとしていられないたちなので散歩に出かけた。

このところ子育てをしている人の多くが、前抱き式の抱っこひもを使っている。昔はおんぶが主流だったが、抱っこならお互いの顔が見えるから安心だ。わたしの場合、散歩などに出かけるときは赤ちゃんの顔が前を向くように抱える。そうすれば赤ちゃんも大人と同じ景色を見ることができるからだ。

さて、どこに行こう。散歩をするなら気持ちのいい森にでも行きたい。住んでいる所から木々が生い茂っている手近な場所といえば平和公園だ。霊園としても知られている。わたしの実家の墓地も一角にあり、彼岸やお盆のたびに訪れている。

しかし朝の散歩で赤ちゃんと墓地に行くというのはどうだろう？　しかも公園の入り口まで来ると「クマ出没注意」という張り紙が出ている。飢えたクマからすれば、赤子を抱いた人間はまさにカモがネギを背負って来るのにも等しいのではないか。

とはいえ朝の冷気に包まれた林はすがすがしく、ウグイスの透き通る声が聞こえてくる。わたしは森への憧れ断ち難く、自宅からクマよけの鈴を持って平和公園の坂を上り始めた。

すると犬連れで散歩をしている人が何人もいる。もしクマが近くに来ればにおいを察知して犬が騒ぎ始めるだろう。少し安心した矢先、前方からやって来た老人はわたしの姿を見ると焦って犬を引き寄せ、警戒した。近づいてきてため息をつく。

「なんだ、赤ちゃんか！」

どうやら彼はわたしのことを見慣れぬ小動物を抱えた不審者と勘違いしたらしい。

そうかと思えば別のおばちゃんはすれ違いざまに叫んだ。

「あっ、本物だ！」

わたしは思わず絶句した。

本物じゃなければ、人形だとでもいうのか……。そっちの方がかなり問題じゃないか。

最近、育児する男子は「イクメン」と呼ばれる。しかし四十代も半ばを過ぎた中年男には当てはまらないのだろう。赤ちゃんを前抱きにしている姿はかえって怪しいものに映るらしい。

それを証拠に別のおばちゃんはまるで刑事の尋問のようにわたしに迫ってきた。

「ところで奥さんはどうしてらっしゃるの?」

妻は家でまだ寝ているかもしれないし、料理をしているかもしれない。しかしちょっと待ってくれ。この際、そんなことはどうでもいいではないか!

朝の木立に癒やしを求めてやって来たわたしだが、実に騒々しい。クマが出る墓地では人に会うこともないと想像していただけに拍子抜けだ。いや、お騒がせなのはむしろわたしの方らしい。当世、育児する親は若いとは限らない。お騒がせなイクメン中年。次はあなたの町に出没するかもしれない。

(2012・6・23)

考える旅

旅には文庫本を持っていく。出かける土地について書かれた本を持って行くことが多い。

今年の春、青森県を旅したときは司馬遼太郎の『街道をゆく　陸奥のみち』をバッグに入れた。めざす八戸《はちのへ》市はかつて陸奥《みちのく》と呼ばれていた地域だ。

読み進むうち、ある一節が心に引っかかった。彼はコメの話を始め、それが妙なものであると言い出す。

陸奥は夏のやませによる冷害のために稲作に向かない。人々は凶作に苦しんだ。にもかかわらず江戸幕府は陸奥にもコメを租税として求めた。司馬は多様をきらい均一を美とする日本人を見いだし、コメへの固執が日本という国家を造ったと喝破する。彼独自の歴史認識は司馬史観とも呼ばれ常識にとらわれない分、気付かされることも多い。

わたしは八戸を旅し、名物のせんべい汁に舌鼓を打った。キノコがたっぷりと入った汁に小麦粉のせんべいを浮かべたものだ。人々は租税であるコメを日常的に食べることはなかったのではあるまいか。それが小麦を使った郷土料理を生んだ。司馬史観を通すとせんべい汁の味わいにも奥行きが感じられる。

ついでながら、同じシリーズに『秋田県散歩』という本もある。『陸奥のみち』よりも筆運びが淡々としている。たぶん水田が平地を覆い尽くした秋田の風景からは国家論につながる連想が湧き起こらなかったのではあるまいか――。

旅のおもしろさは、現場で感じる疑問に自分なりの答えを探してみることにある。いつしかわたしもその魅力に取り憑かれ自分でも実践するようになった。

極東シベリアを旅したときのことだ。現地に暮らす少数民族はサケを食用にするばかりか、皮を乾かして服を作っていた。サケの皮の服は丈夫で水を通さないという。なぜそんなことをするのか？　サケがたくさん捕れるからだろうか。現地人に聞いたが、結局のところよく分からなかった。

ところがアルゼンチンで、ふとしたことがひらめいた。首都ブエノスアイレスのレストランでステーキを頼むと、厚さがスリーフィンガー（手の指3本分）もある肉の塊が運ばれてきた。現地の人はそれを毎日のように平らげる。無類の肉食いである彼らを観察していると多くの人が牛革製のジャンパーや上着、ズボンをはいているではないか。

もしかしたら人間は自分が食べているものを自ら身にまとう習性があるのかもしれない。

伝統は廃れたが、日本人が身につけていた蓑《みの》やわらじなどは稲わら製だった。自らが食べているものの一部で自らの身を覆うという行為は、生命を授けてくれる存在への暗黙の敬意の表れなのかもしれない。

それでは現代のわれわれはどうだろう。自分の衣装箱をひっくり返して調べてみると、天然素材ばかりか化繊の服も多い。

それらの服の素材は現代の食生活にも投影されているのか。

化学調味料、炭酸飲料やサプリメント。わたしは自分が日々口にしているものを直視し少々うろたえた。われわれの食生活には何と化学的、人工的なものが多いことか。その人が着ているものを見れば、何を食べているかもわかる。旅の中から衣食文明論が見え隠れしてきた。

（2012・7・21）

探検家の墓参り

探検をしていると墓地に足を踏み入れることもある。

以前、長崎の五島列島でキリシタン墓地の調査に参加した。江戸時代に弾圧が激しかった久賀島《ひさかじま》では、潜伏キリシタンたちは山奥に身を潜めて生き延び、死ぬと誰にも見つからないように埋葬された。その墓石を探し出し、調べようというのが目的だった。

墓地を見つけるのは大変だった。山の奥に分け入り、やぶこぎをしてようやくたどり着いた。ところが草刈りを始めると、スズメバチが飛び出してきて調査団は騒然となった。

キリシタンの墓は長墓《ながばか》といって、長方形の石板を地面に横たえたような形をしている。見つけた墓はほとんどが土に埋もれてしまっていた。たわしで泥を払うと、石の上にクルス（十字架）が浮かび上がった。一瞬、ドキリとした。見てはいけないものを見たときのような、胸の内をそっと告白されたときのような、複雑な気分だった。生きても死んでも、身を潜めなければならなかった人がいたことにショックを受けた。

クルス（十字架）が刻まれた「長墓」

以後、わたしは墓に特別の思いを抱くようになった。墓が存在しているからこそ知り得る歴史がある。

墓とは何かという基本的なことに気づかされたのは、キャプテン・クックの足跡を追っていたときだ。

彼はハワイ島を探検中、現地人の怒りに触れて殺されてしまった。当時の風習に従って、遺体はバラバラにされ、各首長に分配されたという。

そのため彼には埋葬された墓はない。非業の最期を思い、わたしは終焉《しゅうえん》の地であるケアラケクアで手を合わせた。

そこは空の青さを鏡のように映し出す、まばゆいばかりの美しい海岸だった。探検家にとっては、この大海原を墓地とするのがふさわしいに違いない。しかしわたしはなぜか心が落ち着かなかった。

その後、イギリスの故郷に彼の母の墓があると知り、どうしても出かけてみたいと思った。それはノースヨークシャー州のマートンという静かで牧歌的な町にある。小さな墓地にごろんと大きな墓石が立っていた。花をたむけ手を合わせ、わたしはようやく心が晴れ晴れとし、クックの御霊《みたま》に会えたような安堵《あんど》感を味わった。不思議なものだ。彼の遺体はここには戻って来なかったというのに……。

しかしわたしには、彼の御霊は生まれ故郷にある母の墓地に帰ってくるのではないかという思いがあった。そこに詣でることで、ようやく彼とつながったように感じたのだ。

英国にも同じような思いを抱いて、キャプテン・クックの母の元に訪れる人はいるだろうか。わたしの感情はたぶん、お盆に祖先の御霊が戻ってくるという日本的な信仰に基づいているのかもしれない。

墓はもう会えないはずの昔の人と心をつないでくれる。存在すら知らなかった人や人生のドラマさえ教えてくれる。

そんなことを思いながら、今年も墓参りを済ませた。

（２０１２・８・18）

トラベルチップス

桃栗三年、柿八年。それぞれの木が種をまいてから実をつけるまでの歳月をいう。転じて成果が上がるには長い時間がかかることをいったことわざだ。

振り返ると、わたしが本紙の土曜文化欄に連載を始めてから今年で八年になる。果実でいうなら柿が実る年月を経て、これまでの小品が一冊の本『トラベルチップス』（秋田魁新報社、六月刊）になった。

春に植え付け夏や秋に収穫する野菜や稲とは違い、一冊の本を世に送り出すのは数年がかりで果実を育てるのに似ている。まさにこれは柿のような本だ。

本にするためにあらためて原稿を読み返してみると、連載は七十本を超えていた。旅の体験をつづった一口話が多い。それで書名を『トラベルチップス』にした。

それにしても深刻な問題が報道される新聞紙面で、よくぞ浮世離れした話を七十回以上も読んで頂けたものだ。読者の皆さんには足を向けて寝られない。

連載が土曜日だったことにも助けられたかもしれない。多くの人にとって週末の土曜の朝は気分がいいものだ。旅人の茶番劇のような話でも、少しなら聞いてやってもいいという心の余裕が生まれる。これが月曜の朝刊だったら目も当てられないだろう。きっとまじめにやれとお叱りを受けていたに違いない。

これまで主に秋田の読者に読まれてきたが、初めて読む県外の人はどんな反応をするだろう。発刊後、東京にいる知人に本を送った。するとすぐに電話がかかってきた。

「おい、読んだぞ。久しぶりに会いたくなったな。今度、家に来いよ。カツ丼を用意しておくから」

そういえばエッセー集の中にカツ丼について書いた話があった。彼はその話が印象に残ったらしい。

ネット検索をしていたら本書の感想が書かれたサイトを見つけた。その筆者もカツ丼の話に反応している。ところが本の評論は早々に切り上げて、ご自身のカツ丼遍歴《へんれき》を語り始めた。

カツ丼の話ばかりではない。わたしのブログに書き込みをしてくれた長崎県在住のファンの一人は海南鶏飯《ハイナンチーハン》の話に反応していた。じっくりと蒸した鶏肉を「ちょい厚め」ぐらいにスライスし、ニンニクとしょうゆ、ごま油をまぜたタレで食べる東南アジア屋台料理の定番だ。彼女は本の中で紹介したレシピを参考に、早速自分でも料理してみたのだという。

それにしてもみんなやけに食べ物の話に反応する。なぜだろう。出した本が旅の本ではなく、B級グルメの本だったかと思ってしまうほどだ。著者の食べ物への飽くなき情熱が伝わったのか。いや、実はわたし以上に食いしん坊なのではないか。

そう思いつつも、ひょっとすると読むことは食べることと同じような体験なのかもしれないと思った。手にしたものを自分のペースで味わいながらそしゃくし、肥やしにする。だから読むという行為は、食べ物の話と相性がいいのだ。

よし、ならば次回は食べ物本にでもトライするか。でも八年もかけたのでは、本当に柿の本になってしまいそうだ。

（2012・9・15）

嫌いな物の話

東京で打ち合わせの合間にそば屋に入った。隣のテーブルにいた二人の若い女性が、向かい合わせに何かを話していた。

「わたし、だめ。そんなのありえない」

急に鋭い声が響き、わたしは思わず会話に耳を傾けた。

「小さい緑色のだったら、かわいくない？」

「論外！」

二人はカエルの話をしているようだ。しばらく履いていなかった長靴に足を入れたら、中からカエルが出てきたという。

気の毒な体験だ。ぬめぬめとしたカエルの体が肌に触れることを考えただけで、ぞっとするという人は多いだろう。

そんなことを考えているうちに、わたしの注文したもりそばが運ばれてきた。わたしは隣の人の会話などそっちのけで、そばを一気にすすった。食後に熱い番茶を飲んでいると、また隣から声が聞こえてきた。

「うわ。サイテー（最低）」

二人はテレビで見た南米のニュースについて話をしていた。ジャングルで竜巻が発生し、池にすんでいた何百ものカエルが上空に吸い上げられ、近くの町にカエルの雨が降ってきたというのだ。

とんでもない事件だ。それはともかく彼女らはわたしがそばを食べている間中、ずっとカエルの話をしていたようだ。そして二人の会話はさらに熱を帯びていく。

「空から降ってきたカエルを掃除して一億円もらえるとしたら？」

「やらないわよ！」

「じゃあ、三億円！」

「うーん……そうねぇ」

互いにカエルが嫌いだと大声で話す二人が滑稽に思えてきた。そんなに嫌いなら話題にしなければいいではないか。

興奮のあまり嫌いな物について熱く語ってしまう。わたしにも似たような体験がある。

巨石文化のモアイ像で有名なイースター島を訪れた時のことだ。村からだいぶ離れたところに謎の地下トンネルがあることを知った。

さっそく偵察に行くことにした。入り口は縦穴で、茂みに覆われていた。注意深く足を踏み込むと、ふくらはぎの辺りで何かがもぞもぞと動いている。

何だろう？　手で茂みを振り払うと、わたしは驚きのあまりその場から一目散に逃げ出した。目の前には数えきれないほどのゴキブリがいた。そこは百匹を超えるゴキブリがうごめく巣窟《そうくつ》だったのだ。

とても探検どころではない。殺虫剤や捕獲器を持たずに洞窟に入るのは危険すぎる。

わたしは村に戻り、宿の管理人に顛末《てんまつ》を語った。

「ゴキブリですよ！　百匹以上も！　危険きわまりない！」

それに対する管理人の反応は素っ気ないものだった。

「危険って言うけどさ。ゴキブリはかじらないし毒があるわけでもない。人間を取って食おうとはしないだろう」

冷静に考えてみれば、その通りだ。わたしはゴキブリが嫌いだということを大声でしゃべっていただけだったのだ。急に恥ずかしくなり、穴があれば入りたい気分だった。いや、ちょっと待て。穴の中は危険すぎる。

（2012・10・13）

人食い人種の村へ

年に数回ほどテレビ関係者から番組の出演依頼や問い合わせがくる。本格的な探検ドキュメンタリーから、クイズ番組、バラエティーとさまざまだが、時には困惑させられることもある。

数年前のことになるが、番組の制作会社から突然の依頼があった。インドネシアの樹上民族を訪ねる企画があり、案内人として参加してくれないかと言うのだ。「辺境」と聞いただけで心が弾みだすわたしにとっては悪い話ではなさそうだ。

それにしてもなぜわたしに声が掛かったのだろう。そこは全く不案内の土地だ。理由を聞くと番組の制作者は「怖いのでエキスパートに連れていってもらいたい」と答えた。ネット検索で探検家を調べたら、わたしのことがヒットし、すぐさま連絡を取ったと言うのだ。

随分と単純な人だ。わたしは半ばあきれつつも、「前向きに検討してみる」と社交辞令で答えた。そしてどんな場所なのか、一応ネットで検索をしてみた。

彼らが撮影しようとしているのは、ニューギニア島のパプア州に住むコロワイ民族のようだ。イギリスBBCの現地リポートによれば、その生活圏は最寄りの村から徒歩で二週間もかかる熱帯雨林にあるらしい。住民はバナナの葉を身にまとっただけの格好で、樹上の掘っ立て小屋に住んでいる。他部族に捕らえられて食べられないようにするためだというが、実は彼らも人食い人種だったらしい。何とも物騒な話ではないか――。

おそらく制作会社の彼もわたしが調べたのと同じサイトを見たに違いない。人食い人種という情報に不安を覚え、同行者が欲しくなった。そしてわたしのホームページにたどり着いたのだ。ようやく事情がつかめた。

それにしても、ネットで調べただけで番組企画書を作り、さらに勝手に同行者まで決め込んでしまうとは――。

ネット検索で人食い人種の村と結びつけられてしまったわたしにしてみればいい迷惑だ。探検家をターザンと勘違いしているのではないか。第一、そこには思考がない。わたしの経歴を検討した上での依頼ではない。

どうもネット社会になってからこのようなことが多い。現地ロケをしなければならないテレビマンでさえ、バーチャル（仮想世界）の中で安易に仕事を済ませようとしているのだ。そんなことがまかり通っていいわけがない。現場に行くことが絶対の探検家としては実に嘆かわしく思う。

ところがしばらく考えるうち、人間同士を無作為につなげる現代のネット社会には問題が多々あるとはいえ、いい面もあるのではないかと思えてきた。人食い人種の村に行ける機会なんてそうあるものではない。今回の偶然がなければ、行こうなどと思いもしなかっただろう。これはチャンスなのだ！　わたしは樹上に暮らすコロワイ民族に会ってみたいと思うようになった。

その後、番組の制作者から企画が通らなかったと報告があった。わたしは命拾いしたような、ちょっとばかり残念なような。まるでテレビゲームでゲームオーバーになってしまったような気分だった。

（２０１２・11・10）

謎の八橋田五郎

今年の七月、中国に出かけた時のことだ。四川省から雲南省に通じる高速道路を車で走っていたわたしは、前方から見えてきた出口の看板に目を留めた。

「羊街」と書かれている。羊の街なのだろうか。いや、羊男のような怪物の街かもしれない――。しばし妄想にふけった。

車を走らせると、また出口の看板が見えてきた。「猫街」と書かれている。猫がたくさんいるのだろうか。いや、猫は猫でも化け猫かもしれない。などと想像力をたくましくする。

羊街に猫街。気になる地名が並ぶ場所で、二度あることは三度ある。やがてまた街の看板が見えてきた。「富民」と書かれている。住民は金持ちばかりなのだろうか。ちょっとのぞいてみたい——。衝動に駆られたが、先を急いでいたので通り過ぎた。地名はとりわけ旅をおもしろくさせる。平凡な風景に物語を与え、何かが始まりそうな予感をはらませる。

いや、遠いところに行かなくても、不思議な地名ならば地元にもある。秋田市内で特に気になっていたのが県庁の北にある「八橋《やばせ》田《た》五郎《ごろう》」だ。地名というよりも人名に思える。土地を開拓した大地主の名前なのではないか。あるいはもっと時代をさかのぼってエミシの族長の名前だったのかもしれない。「八橋田五郎」地区に寄り添うように、「八橋イサノ」地区が並んでいることも謎が謎を呼ぶ。まるで夫婦のような印象を受ける。

『秋田市の歴史地名』によれば、「田五郎」のルーツははっきりとしていない。ゆえに人名説も否定できない。ただし土地景観に由来があるとする説明があった。「田」は水田とせずに広大な土地。「五郎」は石ころがゴロゴロしていること。近くを草生《くそう》津《づ》川が流れていることからすれば、昔は広大な土地に河原の石が転がっているだけの場所だったのかもしれない。

わたしはそんな説明を読んでいるうち、野口五郎岳のことを思い出した。北アルプスにある標高二九二四メートルの山だ。その山名を聞けば、多くの人は歌手の野口五郎を思い浮かべるだろう。歌手の方が有名なので、山名は彼にちなむものと思われがちだが、本当は彼の芸名がその山にあやかったものらしい。ではその山名の由来とは何か。地名の由来を調べると、「野口」は近くにある集落に由来し、「五郎」は石ころが「ゴロゴロ」転がっている土地からきたという。

それと重ね合わせれば「田五郎」もやはり土地景観説が正しいのかもしれない。

ちなみに「イサノ」はどうだろう。前出の資料では「イソノ」（磯のような野？）と読み替え「浸食地形」説を唱えていた。もしイソノだとするなら、わたしはイソ（獲物）とノ（たくさん）というアイヌ語からも考えてみたいように思う。油田で汚染されたイメージの草生津川だが、ナマズもすんでいる。

それにしても自分たちが暮らす場所を「五郎」や「イサノ」と人名のように親しみを込めて呼び慣らすあたり、地域の人の郷土愛の大きさを感じずにはいられない。地名探検の魅力は尽きない。

（2012・12・8）

一年の計

新年おめでとうございます。

一年の計は元旦にあり。何事であれ初めが肝心。わたしもこの言葉とともに、新たな抱負を心に誓った。

一年の始まりが元旦であることは欧米でも同じだ。きっと似たようなことわざがあるのではないか——。かつて米国の友人に聞いてみたことがある。すると意外な答えが返ってきた。英語では「月曜日が一週間の要である」となるらしい。

わたしは少々拍子抜けした。積み重ねが大切ということかもしれないが、一週間を基準にするのはスケールが小さい。それでも友人とのやりとりを通じて、欧米人が日本人とは違った感覚で一週間を捉えていることに気づいた。

欧米で何げなく手にするスケジュール帳を見てもその思いは深まる。注意深く観察すると、一から五十二まで週ごとに数字が振られている物が多い。一年を五十二週間と考える人が多いのだ。

日本では一年の三百六十五日を月ごとに十二等分した暦が使われる。一年間を週で分ける習慣はあまりない。一週間と聞いてわたしが思いつくのは、休みの日曜日と家庭ごみ収集の曜日ぐらいのものだ。

それではなぜ欧米では一年間を五十二週に分けて考えるのか。その理由は十進法で一年を捉えるためだという。

二週間余分ではあるが、一年を五十週と考えれば、週の数を二倍するだけで百分率が出せる。

たとえば米国製の手帳で四月のページを見ると第十五週と書かれている。十五を二倍すると三十となり、一年間の三〇％だということが分かる。欧米人はそのように時間がどのくらい過ぎ去り、残っているかを確かめ目標に向かって努力するらしい。

確かに一年間を百分率で把握できれば、目標達成までに要する時間を客観的に計りやすくなる。何かをこつこつとやっていく上では分かりやすい。

だからといって一年を十二カ月とするより、五十二週に区切る方が秀でているとは思えない。やはり彼らなりに週を重んじる理由があるのだ。

それは『聖書』の中に見つけることができる。「創世記」によると神はこの世を六日間で造った。一日目には光を、二日目には空を、三日目に大地を造った。そして六日目に野獣などとともに人間を造り、七日目を安息日とした。

一週間を七日とし、最後の日曜日を休日とする現在の習慣はその故事にちなむ。一週間を重んじる彼らの文化はそこに由来するのだろう。

神は一週間で世界を造った。一週間は決して短い時間ではないと教えられる。人間にだって一週間でできることはあるはずだ。さらに一年ならばどうだろう。神なら五十二個の世界を創造できる計算となる。人間にだって世界をひとつぐらい築けないかという気になってくる。それは無理としても何かを成し遂げることはきっとできるはずだ。

ふと気づけば、一年の計を語っていたつもりが、話は大きく膨らみ天地創造にまで及んでしまった。初夢のような妄想にふけるのも新年の慶びの表れとしておこう。

（２０１３・１・５）

雪だるま

近年、秋田市内であまり雪だるまを見かけなくなった。子どもが少なくなったからかもしれない。ならば童心に返って自分で作ろうと意気込んでみる。しかし今シーズンはあまりに雪の量が多すぎて雪かきをするだけでへとへとだ。

これまでに見た中で最も美しい雪だるまはフィンランドのものだった。それは均等に造形され、表面はつるつるに削られていた。フィンランドでは雪だるまのことを「ルミルッコ」と呼ぶ。語感がどことなくかわいらしい。ところが語源を知って印象が大きく変わった。

ルミとは「雪」。ルッコは「じいさん」という意味らしい。フィンランドの雪だるまは年老いた男性なのだという。日本では雪だるまの性別や年齢を意識したこともなかった。フィンランド人は雪だるまを老妖精の化身と考えているらしい。

フィンランドと日本の雪だるまは積み上げる雪だまの数も違う。日本では二段だが、フィンランドでは三段重ねにする。頭と胴体、その下にある三段目は足を表しているという。

日本で二段の雪だるまを見て育ったわたしにとって、三段のものには愛着がわかない。しかし雪だるまを三段にするのはフィンランドばかりではない。たとえば英語では雪だるまのことをスノーマンという。読んで字のごとく「雪の男」だ。欧米のスノーマンも三段で作られる。世界各国の雪だるまと比較してみると、日本式の二段はむしろマイナーなのだ。

それではなぜ日本の雪だるまは二段なのか。雪に関する民俗学の本を調べてみたが、いまひとつはっきりしない。雪だるまはルーツが分からないほど古くからあるためだろう。

疑問を解く鍵は名前に隠されているのかもしれない。だるまとは菩提達磨《ぼだいだるま》のことだろう。南インド（一説ではペルシャ）の生まれで、中国に渡り禅宗を開いた高僧だ。達磨と関係があるならば、日本の雪だるまもやはり男性ということになる。

さて、彼の座禅姿を模したものが置物のだるまだ。縁起物としても人気がある。雪だるまのイメージはそれに重なる。もしこの仮説が正しいなら、日本の雪だるまは足がないのではなく、座っている姿だということになる。三段のスノーマンは立ち姿なのに対し、地面に座っている日本の雪だるまはむしろ二段でなければならないのだ。

そんなことを思いついてから、わたしは日本の雪だるまを見る目が少々変わった。吹雪の中でも、氷点下の夜も、雪だるまはじっと雪中に座しているのだ。そのひたむきさに、心が動かされる。励まされるような気持ちにさえなる。

雪に閉ざされる季節。われわれの生活は雪の中に座り続ける雪だるまに象徴されるようなものかもしれない。雪国に暮らす人間にとってこれほど共感できる存在はないのではないか――。たとえ不格好でも、われわれに勇気をくれるような存在なのだ。

雪だるまを見かけなくなった町にどこか空疎さを感じるのは、わたしだけだろうか。

（2013・2・2）

当て字

「何て複雑なんだ！」

海外で旅の途中、わたしが書く日本語を見た外国人から感嘆の言葉を浴びせられたことがある。紙の上にペンで十画以上もある漢字をつづることは離れ業と映るらしい。わたしの頭の中が複雑なぜんまい仕掛けの構造をしているのではないかと不思議そうに顔をのぞき込まれたこともあった。

そんな人に会うたびにわたしは名前を尋ね、漢字で書いてみせる。中国人は外国人の名前を発音に近い漢字の当て字で書く。それをまねてみるのだ。中でもわたしが好きなのは亜歴山大（アレキサンダー）だ。発音が近いだけではなく、その語意においても、古代マケドニア王国の大王を彷彿《ほうふつ》とさせるスケール感が出ているではないか。

欧米人には同じ名前の人が多い。例えばジョセフ。短縮した愛称のジョーと呼ばれることが多いが、一丁目のジョー、二丁目のジョーという具合に町のいたる所にいる。二人以上のジョセフ氏と居合わせることも珍しくない。そこでわたしはその人にふさわしい漢字を選んで名前を書くことにした。

手助けをしてくれたジョセフ氏には感謝を込めて「助世夫」、大きなバッグパックを担いでいたジョセフ氏は「如背負」、女たらしのジョセフ君にはちょっと嫉妬心を込めて「女世歩」と書いた。

それはほんのお遊びにすぎないのだが、意外にも受けがよかった。特に女たらしのジョセフ君は漢字の意味を知ると「女世歩」と書かれた紙を財布に入れてお守りにするという。

特定の意味に思いを込めた人名は別として、当て字といえば普通は意味がないものばかりだ。たとえば「でたらめ」は「出鱈目」と書かれることがある。釣り上げたタラの目玉が飛び出している図が思い起こされてきて奇怪である。スーパーで特売になっている寒ダラのアラの乱切りを見かけると、「出鱈目だ〜」とひとり納得することもある。

あるいは当て字の漢字が感情に作用することもある。例えば「あいにく」を「生憎」と書く。客の欲しい物がなかった時などに、店員が口にする言葉である。本来は丁寧な言い方のはずだが、当て字が災いして、あまりいい気分がしない。憎たらしいだけではなく、生っぽいと書くその当て字を思い浮かべると、わたしは客に対する同情の言葉であることを忘れ、憎らしさを焚《た》きつけられるような嫌みと聞こえることもある。

それらとは別に美しい当て字もある。「浪漫」と書く「ロマン」も一つだ。カタカナではちょっと大げさな印象だが、漢字にするとぐっと奥ゆかしさが出てこないか。当て字というよりも二つは違う言葉のようだ。

「とにかく」を「兎に角」とする当て字にもなぜか心惹《ひ》かれる。角を生やしたウサギが思い浮かび、副詞であるのに、名詞のような存在感が出る。語源を調べると、仏教語の「兎角亀毛」から来ていて、現実には存在しないものの例えだという。意味のない当て字そのものの本質を言い当ててもいるようで、ちょっと感心させられる。

（２０１３・３・２）

お子様ランチの旗

商業施設のレストラン街を歩いていた時のことだ。ショーケースに並ぶ料理サンプルの中でお子様ランチが存在感を放っていた。ハンバーグにつけ合わせのナポリタン、山のように盛られたケチャップライスの上には米国の国旗が立っている。

見た目には自分の子どもの頃とあまり変わっていない。そんなことを考えながら、ふと素朴な疑問が湧き上がった。お子様ランチにはなぜ国旗がついているのだろう。別にハンバーグがアメリカ産ビーフ一〇〇%だからというわけではないだろう。しかも常に決まった国の旗が立っているわけでもない。あれこれ考えたが、ピンとこない。

由来を調べると、元祖があることがわかった。お子様ランチが誕生したのは一九三〇（昭和五）年、東京日本橋にある三越百貨店の食堂だった。当時、ケチャップライスは富士山に見立てられていたらしい。シェフが登山好きであったかどうかは知らないが、彼は山の頂上に旗を立てる登山家のことを思い浮かべ、三越の旗（「越」の字を丸で囲んだ）をつけた。それが国旗に取って代わり、お子様ランチの定番となっていったという。

お子様ランチの旗が登山家の旗だったというのは興味深い。今でもヒマラヤなどの高峰に挑む登山家は頂上で旗を振る。いや、探検家もここぞという旅には旗を持参する。わたしも実在したロビンソン・クルーソーの住居跡を発見した二〇〇五年、現地で探検家クラブの旗を空高く掲げて振った。お子様ランチを前にした子どものように心が弾むような興奮を味わった。

外国へと旅を続けるうち、出かける国や地域の旗に関心が向くようになった。中でも印象深いのが、グリーンランドを訪れた時のことだ。地元民の家に招かれ、食卓につくと窓から海に浮かぶ氷山が見えた。やがてアザラシ肉入りのおかゆが出てきた。見慣れない風景と食事に、日本から遠い場所に来たことを実感した。島の各地を旅しているうち、グリーンランドの旗が目に留まった。赤と白の二色で、太陽が描かれている。日章旗を思わせるデザインと色使いに、わたしはふと考えた。

グリーンランドは日本からみて地球の反対側にある。しかし同じような旗を持つ土地の人間同士、共通する背景があるのではないか――。確かに現地に暮らすイヌイットと日本人は捕鯨などの文化を共有している。生活の糧を求めて海へと漕《こ》ぎ出す生業は、命の源である赤い太陽を崇拝する観念を生み出したのではないか？　またグリーンランド旗の白は氷を表現しているというが、日の丸の白が象徴する潔白さは雪に由来があるのかもしれない。

わたしは旗が国や地域を象徴するものだという意識はあっても、似た図案の旗を持つ国民同士を比較したことはなかった。国旗には文化や風土、歴史、民族性がにじんでいる。類似する旗を持つ社会にはお互い共通する部分が見つけ出せるはずだ。

今後は地図ばかりではなく、国旗を水先案内に世界を読み解いていくような旅もしてみたい。お子様ランチの万国旗から始まる旅があったっていい。

（2013・4・6）

バイキング

宿泊するホテルの朝食がバイキングだと心が弾む。好きなものを取り放題、食べ放題、お代わりし放題。これほど自由奔放な食事スタイルは他にない。

バイキングといえば北欧の海賊である。なぜ食べ放題の名前なのだろう。子どもの頃には不思議でならなかった。勇壮な男たちが肉の塊に食らいつき、酒を呷《あお》る姿を脳裏に思い浮かべ、彼らの食事はいつも食べ放題だったのだろうと考えた。

いつしかそれが思い込みとなった。バイキングの国なのだから、食事もバイキングのはずだ――。初めて北欧に出かけた時、わたしはたらふく食ってやるぞと意気込んだ。

現地に行くと、確かに似たようなものがある。スモーガスボードと呼ばれ、テーブルに並べられたパンやおつまみが取り放題だという。ただしそれは軽食に限られ、日本のバイキングとは異なる。食べ放題のことをバイキングと呼ぶ人もいない。

由来を調べると一九五〇年代にさかのぼる。帝国ホテルがスモーガスボードを日本に持ち込もうとした際、わかりやすい名前を社内で公募した。バイキングという名前を考え付いた人は、映画で彼らがスモーガスボードの食事をしているシーンを観て思い付いたのだという。

何ともいいかげんな話ではないか。それでは子ども時代のわたしの浅知恵と大して変わりがない。北欧の人が知ったら失笑するだろう。

ちなみに世界各地で食べ放題のことをビュッフェと呼ぶ。英語圏では「All You Can Eat」と言い、文字通り「全部食べてもいい」となる。わかりやすいが、かえって食指が動かない。それに比べてバイキングには不思議な力が働く。たとえば「ケーキビュッフェ」と言われてピンと来なくても、「ケーキバイキング」と聞けば、甘党がテーブルに群がる図が思い浮かぶ。

ともかく食べ放題のことをワイルドな北の海賊たちの名で呼ぶことで、食に対する闘争精神が芽生える。食ってやるぞと雄たけびを上げたくなる。

バイキングに関して分析を進めると、同じような名の料理があることに気付いた。

ジンギスカンである。簡単に言えば羊肉の焼き肉なのだが、なぜわれわれはモンゴル大帝の名前を持ち出すのか。モンゴルにはジンギスカンという羊肉料理はない。ルーツは二十世紀前半、日本から満州に進出して行った人たちと関わりがあるらしい。

バイキングとジンギスカンに共通するのは何だろう。誕生した時代背景が似ている。高度経済成長や太平洋戦争など、国民が結集して事に当たるエネルギーを必要とした時代だった。人々は新たな食文化に時代の気分を投影させたのだろう。

それでは現代という時代はどのような食文化を生み出すのか。草食男子と呼ばれたり、海外指向が少ないとされる若者たち。今こそ、バイキングやジンギスカンのような、生きる力を喚起させる新たな食文化が必要なのかもしれない。

（２０１３・５・11）

歯が欠けた！

蜂の飛ぶ季節が来た。蜂といえば「泣きっ面に蜂」ということわざがある。不運や災難の上にさらに不幸が重なることをいう。

日常を振り返ると、瑣末《さまつ》なことなら結構ある。先日も落としたスプーンを拾おうとして身をかがめた拍子にテーブルの水をこぼしてしまった。何をやってるんだろう。自宅ならそんなひと言で済むが、外国を旅行中に悪いことが続くとため息程度では済まされない。

昨年七月の出来事だ。わたしは中国四川省へと出かけ、標高三七〇〇メートルの亜《あ》丁《てぃ》村に着いた。宿で夕食を食べ始め、ご飯を口に運んだ瞬間、ガリッと音がした。舌を動かしてみると歯が変だ。

部屋に戻り、鏡に映してみた。奥歯の一本が三分の一ほど欠けて無くなっているではないか。歯が欠けただけで、人相まで変わってしまったようだ。悪いことはそれだけではない。喉の奥に何か詰まったような異物感があった。鏡で喉の奥を見ると白い物が引っかかっている。欠けた奥歯のかけらだ！　空気が希薄な高地にやって来てただでさえ息苦しいのに、喉が詰まるような不快感を覚える。

不幸中の幸いと言うべきは、歯の痛みがないことだった。それでも欠けた部分が脆《もろ》くなっているらしく、小さな粒がボロボロと落ちてきた。放っておけばいつ歯根が露出し、神経が痛みださないとも限らない。歯医者を探そうにも高山地帯では望むべくもない。

ここは耐え忍んで旅を続けるしかない。覚悟は決めたが、頑張ろうにも歯を食いしばってはならない。寝ている間の歯ぎしりもご法度《はっと》だ。心安らかに日々を送る他ないのだ。

ところが中国奥地では不測の事態が次々と起こった。崖崩れによる通行止め、大雨による河川の氾濫……。思わぬ困難に遭遇したのは食事の時だった。周知の事実とはいえ、四川の料理は辛いものばかりだ。辛さの表現で「跳び上がるほど辛い」というのがあるが、身体ばかりか、歯茎から歯が飛び出してしまいそうなくらい辛いものもある。

わたしは欠けた歯で物をかまないように、注意深く反対側の奥歯を使った。それでもあまりの辛さに思わず舌をかみ、口内炎ができてしまった。何もこんな時に！　唐辛子や中国山椒《さんしょう》が口内炎をビリビリと刺激した。

そのようにわたしは歯が欠けたまま中国大陸を千キロも旅するはめになった。その間、歯は痛むこともなくどうにか持ちこたえ、かけらは微動だにせず喉の奥にへばりついたままだった。いっそのことそのまま日本に戻り、喉にくっついたかけらを取り出してブロックのように元の場所にはめ込んでもらおう。そう思っていたが帰国直前にそれは胃の中に落ちていった。

わたしは日本に帰るとすぐに歯医者に駆け込んだ。腕のいい医者でそれまでの珍道中がうそのように、歯はきれいに治った。

泣き面に蜂、蜂、蜂の連続だったが、ハッピーエンドに落ち着いたところがせめてもの救いだ。合掌。

（2013・6・15）

雑草の秘密

庭の草取りなど全く興味がなかったわたしが自発的にやるようになったのは数年前のことだ。英国で食べたサラダがあまりにもおいしくてルッコラやバジルの種を持ち帰って庭に植えた。素人にしては見事に育ち、草むしりが日課となった。ところが一度やり始めると主客転倒してハーブ作りよりも草むしりの方が面白くなってきた。魅力は雑草のしぶとさにあった。

たとえばスギナ。庭一面を覆い尽くし、完全に抜いたと思っても一雨降れば土からすぐに芽を出す。何度かいたちごっこを繰り返したが、わたしはスギナの前に敗北を喫した。そしてその根性は見上げたものだと感心した。どうすればそこまで図太《ずぶと》くなれるのか。

「雑草のように生きる」という言葉がある。たくましく生きるための人生訓でもある。ところが踏み込んで考えると精神論を語るためのたとえにすぎず、肝心の雑草の生態については何も触れていない。雑草はなぜ抜いても抜いても生えてくるのだろう。もしかしたら雑草を観察すれば打たれ強くなる秘法を見つけられるのではないか――。凝り性のわたしはすぐに熱くなる。

スギナはシダ植物の仲間で春に伸びる胞子茎がツクシと呼ばれる。春の風物詩として人々に愛されているが、夏に向かうころ、同じ地下茎からスギの木の形をした栄養茎が地表に伸びて光合成を行う。とげがあるわけではないし、柔らかいので引っ張れば簡単にもげる。ところが地中に残された地下茎がくせもので、そこから新たな茎が次々と伸びてくる。

スギナの図太さの秘密は地下茎にありそうだ。わたしは掘り起こして調べてみようとスコップを手に取った。地面を一〇センチほど掘ると、地中にはさまざまな植物の根がはびこっている。たこ足配線のように絡み合い、熾烈《しれつ》な生存競争を繰り広げている。

スギナの茎はそれらを尻目に地中深くへと伸びていく。四〇センチぐらいまで追跡したところで見失ってしまった。スギナの地下茎は一メートル以上も地中にあるというから掘り出すのは至難の業だ。

それでも実際に掘ってみて分かったことがある。多くの植物が根を張る数十センチ程度の浅い地下はいわば激戦区だ。スギナはそこに地下茎を張らない。地中一メートルにまで潜り込み、植物同士の競合に加わらないばかりか、人間の手からも逃れている。

また地中の根が横や下に伸びようとするのに対して、茎であるスギナは上へと伸びる。競争相手が圧倒的に少ないから地面には簡単にはい上がれる。まるでラッシュアワーの満員電車ではなく、乗客のいない逆方向に向かう電車に乗っているようなものだ。スギナの図太さは根性ではなく、茎を地中深くに生やすその独自性にあった。他の草花とは明らかに生き方が違う。そこにスギナの生命力の源があったのだ。人生だってかくあるべし。他人と同じことをしないことこそ、図太くたくましく生きていく道なのだ。

気が付けばネコの額ほどの庭が、わたしの人生の道場となっていた。

（2013・7・20）

紙幣の色

外国に到着して、最初にすることの一つが両替だ。見慣れない紙幣を手にすると喜びと緊張が入り交じったような気分を味わう。紙幣にはその国のエッセンスが詰まっている。独立を果たした革命家の肖像、絶景や生物など。紙幣を見ればその国のことが分かるからだ。

旅を続けるうち、日本の紙幣も気になりだした。他国のものに比べて立派で引けを取らないが、色が渋く地味だ。

特に日本とのギャップを感じたのはオーストラリアだった。紙幣は五ドルから百ドルまで五種類あり、色はパープルピンク、ターコイズブルー、トマトのような赤、マスタードイエロー、パステルグリーンだ。それらが入った財布を開くと心の中まで明るくなる。小額紙幣でも気分が躍りだすのだから、同じ庶民でいるならオーストラリアの方がよさそうだ——。

ところが派手な色の紙幣に、わたしは混乱してきた。たとえばパステルグリーンとターコイズブルーどちらの色の紙幣が高額なのか、瞬時に判断できない。鮮やかな色の五種類の紙幣はどれも同じに見える。いや、玩具の紙幣のように軽々しく価値のないものにさえ思われた。

日本の紙幣にオーストラリアの人はどう反応するだろう。わたしは現地の友人に手持ちの一万円札を見せてみた。

「昔の紙幣みたいだ。古くて何も買えないって感じだね」

彼はオーストラリア紙幣の明るい色に新鮮さや躍動を感じるという。そしてお金とはそうあるべきだと教えてくれた。

なるほど。経済は生き、絶えず動いている。新商品やサービス、価値観に向かって流れていく。鮮やかな色彩の紙幣にはそんなお金への期待感がにじんでいるのではないか。

ではなぜ日本の紙幣は渋い色をしているのか。あらためて机の上に並べてみた。一万円と五千円札のくすんだような茶色は何に例えたらいいのだろう。まるで千年もたった仏像のような色ではないか。千円札の沈んだような青も同じく古くさい青銅を思わせる。一度そう考えると描かれた福沢諭吉や樋口一葉、野口英世の肖像までがことごとく木像や銅像に見えてきた。

わたしははっと気付いた。もしかしたら日本の紙幣の色は古い仏像や銅像の色を模しているのではあるまいか。確たる証拠はないが、そうとしかいいようのない絶妙な色合いだ。

ではなぜ仏像や銅像の色なのだろう。考えるヒントは派手なオーストラリア紙幣へのわたしの反応にあるように思えた。わたしはそれを玩具の紙幣のように軽々しいものとみなした。日本人にとってお金とは軽いものであってはならないのだ。躍動や新鮮さよりも安心、安定を保証するものであるべきなのだ。そんな日本人の金銭感覚が紙幣を重厚な古い色にしたのではあるまいか。

移民の国オーストラリア。資源の乏しい島国の日本。紙幣の色にも国民性の違いが表れている。旅先の紙幣の色が現地の何に由来するか。わたしにとってそれを探すのも旅の楽しみの一つになった。

（2013・8・24）

なんもない

会社を辞めて独立して今年で十年になる。暮らしていた東京を離れ秋田に戻ってからも十年だ。思い起こせば、固定給をもらっていた職場を辞し、地方に移り住もうとしていた当時のわたしに、友人たちが心配して声をかけてくれた。

「秋田に戻ったって、なんもないだろう」

そう言われるたびに、わたしは彼らに反発した。

「地方をバカにしてないか」

「でも現実なんもないじゃんかー」

秋田だけではない。東京から地方を眺めれば、確かに比較の上では何もないように見える。わたしは東京で二十年近く暮らし、海外にも出かけるうちに、その感覚が虚構だと感じるようになった。ニューヨーク、ロンドン、デリー、北京、シドニー……。それらの大都市はどこも同じような表情をしている。都会は物であふれ、面白そうな話があちこちから聞こえてくる。ところが、それらの出所を突き詰めると地方から発信された物や情報という場合が多い。

まさに東京も同じだ。人も物も地方からの寄せ集めでできているに等しい。地方都市にこそ個性豊かな社会が存在するはずではないか――。わたしが秋田に移り住んだのは単に生まれ故郷というだけではなく、そんな期待感があったからだ。

ところがいざ、秋田にやって来ると意外な事実に直面した。

山奥にある食堂を訪ねた時のことだ。切り盛りしているおばちゃんがわたしにこう言い放ったのだ。

「ここだば、なーんもねもの……」

わたしは意表を突かれた。秋田で生きてきた彼女からズバリ断言され、わたしは困惑してしまった。

確かに秋田にいると、不便に感じることは多々ある。例えば探検や著述のための資料集めもその一つだ。秋田にいては外国や沖縄のような他の地方の本をすぐに手にすることができない。雑誌のバックナンバーもしかり。わざわざ東京に出かけていかなければならない。

しかし暮らしている実感としてわたしは秋田に何もないとは思わない。ここには泥棒もいれば、人殺しだって起きる。悲しいかな。東京と変わらない。何もない平和な場所ならば、それらとも無縁なはずなのだが……。

ひとつ気づいたことは秋田の人が「なんもない」を結構気軽に口にしていることだ。食堂のおばちゃんは「なーんもね」と言い切った後で、「でもこれならある」と山菜料理やイワナの塩焼きを出してくれた。

どうやら「なんもない」は都会ではお目にかかれそうにないものを指すときの枕《まくら》詞《ことば》として使われているようだ。自虐的でも、開き直りでもなく、そこにはむしろ誇りの意識が込められている。もっとも最初から「これがある」と偉ぶらない。何もないと言い放った上で、切り出す殺し文句なのだ。

秋田で「なんもない」と言いだす人がいるとわたしは聞き耳を立てる。そして固唾《かたず》をのんで次の言葉を待つ。地方の秘宝はそこに隠されているからだ。

（2013・9・28）

KYの日本

KYという言葉がある。「空気が読めない」の頭文字を取った言葉だ。集団の意思とズレた言動をする人に対し、半ば嘲《あざけ》りの気分を込めて言われる。流行語になったのは二〇〇七年。わたしはそれを日本人だけではなく、海外の人にも当てはめて考えるようになった。

たとえば一九九〇年に出かけたガラパゴス諸島でのこと。船で島々を巡る十一日間の途中、飲み水が底をつきかけた。船には各国からの旅人が乗り合わせていた。われわれは無くなりつつある水について冗談とも本気ともつかないようなことを言い合い、喉の乾きをこらえていた。

米国人が英国人に言った。

「ジェントルマン（紳士）のあなたなら我慢できるでしょう」

英国人が言い返した。

「自分の水をみんなに分ければ英雄になれますよ」

危機に瀕《ひん》すると、国民性がちらりと顔をのぞかせる。英国人は紳士と呼ばれるとやせ我慢をする。米国人は英雄扱いされるとプライドをくすぐられる。

やがて話題は他の国の人に水を我慢してもらうためにどんな言い方をすればいいかというジョークに移った。

イタリア人には「喉が渇いた美女がいます」と言えばいいらしい。フランス人には「みんな水に群がっています」。ドイツ人には「船長との契約で積み込む水が少なかったのです」。ロシア人には「かわりにウォッカがあります」がいいという。

イタリア人やロシア人の反応は予想がついたが、あえて人と反対のことをしたがるフランス人気質や、法律や契約だと諦めがつくドイツ人の国民性にはなるほどと考えさせられた。

日本人の場合はどうだろう。尋ねられてわたしはわが身を振り返った。水を飲むことを遠慮していたのは紳士や英雄、女や酒などのためではなかった。

「みんな水を飲んでいなかったから……」

日本人は「みんな」に弱い。多数派に従っておけば間違いないという安心感を覚え、はみ出し者をKYと嘲る。ではその基準で外国人を見たらどうなるか。

イタリア人やロシア人の発想は明らかにKYだ。集団とは関係のない個人の欲望に流れてしまっている。英米人はどうか。集団の空気を読むのはいいが、目的が不純だ。紳士や英雄といった自分の社会的な地位を獲得しようというあざとさが見え隠れしている。日本人にはやり過ぎな感じと映り、KY扱いになるだろう。

ドイツ人の反応は日本人と似ているように見える。ただし集団そっちのけで法律の剣を振りかざしたり鞘《さや》に収まるのであればやはりKYだ。一方で、集団の意向と反対に向かおうとするフランス人は興味深い。日本人とは真逆の思考と行動だからだ。とはいえ集団に従わない者へのレッテルがＫＹなのだから、フランス人も間違いなくＫＹである。

日本的な基準で世界を見ればみなＫＹになってしまう。世界はＫＹの人であふれている。ふと、日本人はその事実を受け止めるべきではないかと思った。個を捨て安易に集団を求めるあまり、日本人は世界の中でむしろ孤立しているのだ。

（２０１３・11・２）

ブレーメンの音楽隊

ドイツ北部にブレーメンという町がある。そこに出かけたのは二〇一一年のことだ。旧市街の道はつるつると水面のように光る石畳で、立派な市庁舎の横に風変わりな銅像があった。ロバの上にイヌが立ち、その背にネコが乗り、さらにニワトリが立っている。ブレーメンの音楽隊の像だという。

ブレーメンを訪れたのは初めてだったが、わたしはなぜか親しみを感じていた。像を見て、子どもの頃に読んだグリム童話の影響だったと気がついた。童話のタイトルは覚えていたが、どんな内容だったろう。何十年かぶりに本を開いてみた。

年を取り飼い主から虐待されるようになったロバは似たような境遇の動物たちと出会い、いっしょにブレーメンの音楽隊に入ろうとする。彼らは途中の森で泥棒を退治し、そこで仲良く暮らすという話だ。クライマックスは動物たちが互いの背に乗り、一斉に声を張り上げて怪物になりきるシーン。子どもだったわたしは思いもよらない方法で泥棒を退治する場面に胸がすくような痛快さを覚えた。そして弱い者同士でも力を合わせれば大きな敵をやっつけられるという教訓を感じ取った。

ところが大人になって再読してみると、奇妙な後味が残った。タイトルが『ブレーメンの音楽隊』であるにもかかわらず、動物たちは音楽隊に入らない。それどころかブレーメンに行くこともないのだ。話の主題はどこにあるのだろう。

読み直してみて、主人公の動物たちが老いさらばえて家出をするという境遇が気になった。彼らにとってブレーメンの音楽隊は第二の人生の夢だった。ところが夢を実現することなしに彼らはハッピーエンドを手にしてしまう。

そこには何かにしがみつくことのない自由な生き方がある。彼らにとって夢は実現するためにあるのではない。あくまでも幸せを得るための手段にすぎない。これまでわたしは夢を実現することこそが幸せを摑《つか》むことだと信じてきた。考えてみれば本末転倒ではないか。夢を実現すれば必ず幸せを手にできるとは限らない。童話が言いたかったことは、自分の境遇をあるがままに受け入れ、その中に幸せを見いだすことの大切さだったのだ。

幸せはいつも自分の心に正直な人に訪れる。それを思えば、肩の力を抜いてまた夢にも全力で突き進めるというものだ。慌ただしい師走の旅から戻り、わたしは新しい年をよりよく生きるためのヒントを手にできたと感じた。

（2013・12・14）

郷土料理

昨年、「和食」がユネスコの無形文化遺産に登録された。最近では世界遺産と聞いても新鮮味が薄れてきた気がする。それでも和食について考えるきっかけになったことは確かだ。

そもそも和食とは何だろう。一般に外国で人気が高い料理はすしや天ぷら、美しく重箱に盛り付けられたおせち料理を指すように感じられる。しかし和食を構成しているのはそれらばかりではない。むしろわたしは普段あまり注目をされることがない郷土料理にこそ、日本らしさを見つけ出せるのではないかと思う。

三重県で伊勢うどんを食べた時は衝撃的だった。麺に全く腰がない。ゆで過ぎの軟らかい歯ごたえは失敗作としか思えなかった。汁は極端に少ない。しかも色は黒々として塩辛いしょうゆのように見える。ところが口に入れてみると甘い。みその上澄み（たまり）だという。漠然と抱いていたうどんのイメージからかけ離れたものに映ったが、地元の人はこれぞ本物のうどんだと胸を張っている。

そのルーツは農民が忙しい農作業の合間、うどんをみそのたまりにつけて食べていたのが始まりらしい。伊勢神宮の参拝客に出されるようになると、すぐ提供できるよう麺を鍋に入れっぱなしにするようになった。そのため麺がのびきった現在の形になったという。農民の日常食とお伊勢参り。それらが融合した料理だといえる。

岐阜県ではへぼ飯の洗礼を受けた。炒ったクロスズメバチの成虫や幼虫のつくだ煮をご飯にまぶしたものだ。まぶすといっても飾りではない。ご飯茶わんに何十匹となく入っている。死んではいるが、やはりスズメバチだ。お尻から突き出た針が舌にチクリと刺さったらどうしようかと気が気ではなかった。わたしは箸で一匹一匹つまんで口に入れていたが、地元の人はかき込むようにして食べていた。

ハチの幼虫はむちっとし、成虫はかりっとしている。彼らにはその食感がたまらないという。スズメバチを食べるようになった由来ははっきりしない。代々山で暮らしてきた人にとって貴重なタンパク源だったという。山の民にとってなくてはならない自然の恵みだったのだ。

東京都にある八丈島の島ずしも独特だ。しょうゆ漬けにしたネタと砂糖を入れた甘ったるいすし飯を握り、わさびの代わりにマスタードを付けて食べる。江戸前ずしとはだいぶ違う。地元の人によれば八丈島は温暖な気候のため、刺し身の鮮度を保つことができなかった。また自生するわさびもない。そこで手に入る材料を駆使してすしを作ったところ、そのような代物になったという。地元民にとって島ずしは日常食ではない。漬けにしたネタが茶色く光る様子からべっ甲ずしとも呼び、ハレの日のめでたい料理として振る舞う。

いずれの郷土料理も、われわれ日本人が多様な自然の中から生きるすべを見いだし、豊かさを求めた結晶のようなものだ。そのような郷土の料理こそ、後世に伝えていきたい日本文化だと思う。

（2014・1・25）

窓か、通路か

飛行機に乗るとき、いつも悩むのが座席を窓側にするか、通路側にするかということだ。一見、外の景色を見られるかどうかの違いに思われるかもしれない。一時間程度の旅ならそうだろう。しかし十時間以上ものロングフライトとなると話はそう単純でもない。

窓側の席で東京からニューヨークに飛んだときのこと。わたしはトイレに行くため通路に出ようとした。隣の人はいびきをかいて寝ていた。食事の後で機内が暗くなっていたこともある。巨人のような米国人で、耳元でささやいても、肩を揺さぶっても起きる気配がない。

窓側に座る者にとって熟睡した隣人を起こして小用に行くのは一大事だ。仕方なくわたしは彼を起こさずまたいで通路に出ようとした。ところが暗い機内でバランスを崩し、彼の上に倒れ込んでしまった。

「アウチ！（痛っ）」

巨体の男はそう叫んで、平謝りのわたしにつかみ掛かってきそうなけんまくだった。

小用を終えて席に戻ると、彼はまた高いびきで寝ていた。一難去ってまた一難……。

誰かを起こすより、起こされた方が気が楽だ。懲りたわたしは通路側の席を選ぶことにした。ロンドンから東京に戻る便でのこと。隣にいた窓側の英国人から通路に出してほしいと言われ、快く席を立った。彼はトイレには行かず上の棚から荷物を取り出そうとした。扉が開いた瞬間、中から重たいものが滑り落ちてきた。

「痛っ！」

わたしの頬を直撃したのは書類入りのかばんだった。思わず彼をにらみつけたが、悪びれる様子もない。かばんは彼の物ではないという。結局「お気の毒」という言葉を掛けられただけで終わった。

窓側も通路側も、どっちもどっちだ。ところが悩む余地がなくなるほどの出来事が起こった。ニューヨークからマイアミに飛び、南米に向けて乗り継ぎをしようとしていたときだ。ニューヨーク発の便が大幅に遅れ、南米行きの便に間に合わない可能性が出てきた。空港に着いたら大急ぎで走らなければならないだろう。飛行機が着陸すると、通路側の人は一斉に立ち上がった。機体後方の窓側席にいたわたしは通路がふさがれてしまい、すぐに駆けだすどころか立ち上がることさえできない。腕時計の秒針よりも心臓の方が速く高鳴るのを聞いているほかなかった。

ゲートに着くと運よく南米行きの便も出発が遅れていた。間に合ったのだ。それでも懲りたわたしは飛行機の席を前方の通路側と決めた。飛行機からすぐに降りられることが大切だ。

最近、子どもと飛行機に乗るようになって、何度か後方の窓側に座った。急いでいる乗客を煩わせないよう最後に出るためだ。これまで通路側の席に座ってきたわたしは、何かにせかされるように飛行機に乗っていたのではないかと気づく機会になった。ゆっくりと身支度すると、旅にもゆとりが生まれる。後方の窓側もなかなかいい。

（2014・3・15）

英語は二歳から!?

近頃では英語のレッスンを始める幼児が多いらしい。わが家にも通信講座の案内が送られてきて、二歳の娘がさっそくABCとやりだした。

教材に付いてきた副読本によれば、三歳ぐらいまでの子どもは物まね上手。聞いた発音をそのまま言うことができるという。確かに彼女は欧米人の発音をまねてリンゴを「アップル」ではなく「アポー」と言う。紫色も「パープル」ではなく「パーポ」だ。なるほど。その発音ならば欧米でも通用するだろう。わたしは納得しつつも外国に初めて出かけた十六歳のころを思い出した。

米国へ向かう飛行機で客室乗務員に話かけた時のことだ。

「ウォーター、プリーズ」

ところが彼女が持ってきたのは水ではなくコーラだった。簡単な言葉さえ通じないショックと恥ずかしさのまま、わたしは何も言えずにコーラをごくりと飲み干した。

その後、注意深く耳を傾けるうち彼らは水のことを「ワラ」と発音していることに気づいた。試しにその通りに言ってみると一発で通じた。反省しつつ、語学は耳で聞こえた通りにまねすればいいと思い知った。

つい最近、江戸時代の漂流民の記録を調べていたら、米国に渡ったジョン万次郎が一般向けに英会話の指南本を出版していたことを知った。彼が一八五九（安政六）年に著した『英米対話捷径《しょうけい》』だ。それぞれの単語や英文にカタカナで発音のルビが振られている。

たとえば質問のｑｕｅｓｔｉｏｎは「コシチャン」。答えのａｎｓｗｅｒは「アンシャー」と書かれている。「クエスチョン」や「アンサー」でも通じないわけではないが、欧米人の発音に耳を傾けてみると限りなく「コシチャン」や「アンシャ」に近い。

また数字の発音は次のように記されていた。

「ワン、ツウ、スリー、フヲワ、フアイ……」

ジョン万次郎は数字の四を「フォー」ではなく「フヲワ」と記している。英語の発音にかなり忠実だ。また、会話の中で五は「ファイブ」よりも「ファイ」と聞こえることの方が多い。どれをとってもかなり実践的な発音と言っていい。開国前の江戸末期。そのような英会話集が存在していたことに感心させられる。同時に英語を自らの耳で会得したジョン万次郎の姿勢は現代のわれわれも見習わねばならないと恐れ入った。

英語に触れた娘は軽快なリズムの楽しさを感じたようだ。教科書だけでは飽き足らず今度は目にするものを英語で何と言うのかとわたしに尋ね始めた。

「トマトは？」

わたしは外国で耳にした発音を思い出して答えた。

「トメート」

ところが公園に遊びに行って「滑り台は？」「ブランコは？」「鉄棒は？」と矢継ぎ早に聞かれ言葉に詰まってしまった。何て言うんだっけ……。発音の良しあしどころか、英語で何と言うのかさえわからないものが多い。気がつけば日々、英語の特訓を受けているのはこちらの方なのであった。

（2014・4・26）

シャーマンの洞窟

もう一度行ってみたい場所はどこですか？　旅の体験をあれこれと話すインタビューでそう質問されることがある。説明が面倒なのでお茶を濁すことが多いが、正直なところ無いわけではない。

北米南西部のニューメキシコ州を訪れた時のことだ。わたしは方々に点在する先住民の岩絵を見て歩いていた。笛を吹く人（ココペリ）やトカゲ人間など、落書きとは思えない神話的なイメージに心がひかれた。

旅には現地ガイドがいっしょだった。近場はすぐに回れたが、せっかくなので遠くにある岩絵群にも行ってみたかった。ガイドはそこへの同行を渋ったが、それでも最後にはわたしの熱意に折れて出かけることになった。ようやく現地に到着したのは午後六時。太陽は西の地平線に傾き、周囲に人影はない。当てずっぽうに歩き始めると思わぬ事態に陥った。殺風景な砂漠に迷い込み、道を見失ってしまったのだ。途方に暮れかけた時、目の前に突然、制服姿の警官が現れた。彼は近くに洞窟があると言い残し、どこかへ消えてしまった。

彼が言う通り、岩陰にぽっかりと穴が開いていた。洞窟は狭く、中は煤《すす》で真っ黒に塗られている。その漆黒の夜空には白い塗料で描かれた無数の星々が輝いていた。自分も底なしの宇宙に吸い込まれ星になってしまうのではないか——。背筋が一瞬冷たくなった。

「話で聞いたことがあるよ」

ガイドが興奮を押し殺すようにわたしの耳元でささやいた。

「シャーマン（呪術師）の洞窟さ。彼らは誰にも見つからないところに小さな岩穴を掘って、小宇宙の中で瞑想《めいそう》したんだ」

わたしもそこに洞窟があるとは思いもしなかった。しかもココペリも描かれている。

太陽はあっという間に沈み、われわれは車に戻った。街灯もない暗がりを進んでどうにか公道に出ることができた。

それにしても、突然やって来た男は本当に警官だったのだろうか。われわれが到着した時、駐車場にパトカーはおろか車は一台も止まっていなかった。彼が警察らしい忠告を何ひとつ口にしなかったことも気にかかる。

「シャーマンの生まれ変わりじゃないかな」

ガイドはハンドルを握りしめて言った。わたしも警官のことは気になっていたが、それ以上に自分の願いが通じ、特別のものを見せてもらえたという興奮と感謝の念に浸っていた。

同じ奇跡が起きない限り、あのシャーマンの洞窟にはもう二度と行けない。道に迷った末にたどり着き、帰りも薄暗がりだったので、その場所がどこにあるのかもわからないからだ。

旅をしていると何者かの不思議な力によって思いがけない場所にいざなわれるような体験をすることがある。

絶景や美食の地にもまた訪れてみたいとは思う。しかしそれ以上にわたしが何としても再び出かけてみたいと願う場所とは、そんな旅の神秘の現場なのだ。

（2014・6・14）

勝負服

勝負服と呼ばれる衣服がある。ここぞという場面で着る大切な服のことだ。本来は競馬の騎手がレース中に着る服のことらしいが、最近では就職活動をする大学生のスーツ、あるいはデート用のおしゃれ着のことをさすことも多い。着ることで自分に暗示をかけ、就職の面接試験で緊張に打ち勝ったり、到底できそうにない恋の告白ができるようになるというものだ。

探検家にも勝負服はある。

探検プロジェクトにスポンサーを見つけようとして東京の企業を訪ねたことがある。野山を歩き回る服では失礼にあたると考え、スーツで出かけた。ところがなぜか相手の反応がよくない。案の定、売り込みは失敗に終わった。同行者に意見を求めるとビジネスマンのような格好をしたわたしは探検家のように見えなかったという。

その後、探検の殿堂である米国のナショナルジオグラフィック協会へプレゼンテーションに出かけることになった。急に訪問することになったので服は野外で着ていたものしかなかった。大小のポケットが七つもあるベスト（チョッキ）で、三十年も前の古着だ。

「こんな格好で失礼します。フィールドから飛んで来たもので……」

わたしが詫《わ》びると職員はさらりと答えた。

「探検家はみんなそんな感じですよ。ここでは泥がはねたアウトドアウエアが正装みたいなものです」

その言葉に勇気づけられ、わたしは大事な会議でも成功を収めることができた。そのベストは以後、わたしの勝負服となったのだ。

古着を好んで着るようになったのには訳がある。ブラジルのリオデジャネイロに出かけた時のこと。治安が悪いので最大限の警戒をした。腕時計を外し、財布から金を抜き、不要な荷物は宿に置いて出発した。

ところが町中で突然、悪党どもに羽交い締めにされてしまった。荷物を強奪されそうになったが、一瞬の隙をついて逃げることができた。問題はその時に背負っていたバックパックの赤色にあった。山道具には原色の赤や青、蛍光色など自然にはない色が使われている物が多い。山で遭難した場合でも目立ちやすくするという効果があるためだ。ただし派手な色はスラム街の悪党の目にも留まり、襲撃のターゲットにされてしまった。

そんな経験からわたしはバッグを背負わなくてもいいようにポケットがたくさんついたベストを着るようになった。色は地味な茶や緑色で、新品ではなく古着を選んだ。ドレスダウンすることで、強盗から狙われる危険を避けることができるようになったのだ。

探検家の勝負服は色あせ、埃《ほこり》や泥を浴び、数々の修羅場をくぐり抜けてきた古着がいい。たかが服、されど服。服の価値は新しく美しいものだけにあるとは限らない。年代を経た古着にも人の命を救うほどの力があるのだ。

今や、そのベスト無しにわたしは旅へ出られない。

（2014・7・26）

CALIFORNIA　85

「それってどういう意味？」

わたしが着ているTシャツを見て妻が首をかしげた。白地に赤い文字で「CALI

ＦＯＲＮＩＡ　８５」と書かれている。わたしは彼女の質問に意表を突かれた。格好いいデザインだと思っていたぐらいで、意味を知らないばかりか疑問を持ったことすらなかったからだ。

カリフォルニアはアメリカの地名とわかるが、８５という数字は不明だ。見たところスポーツのユニホームのようだ。ひょっとすると妻は野球などの有名なスポーツ選手のチーム名と背番号を連想し、わたしに尋ねたのかもしれない。胸の部分に大きく数字が印刷されているところから、野球というよりはアメフトのユニホームのようだ。カリフォルニアにあるチームに８５番をつけた伝説のプレーヤーがいたのだろうか。だとすればどれほどすごい選手だったのか。

わたしはネットで調べてみることにした。グーグルに「ＣＡＬＩＦＯＲＮＩＡ８５」と文字をそのまま打ち込み、エンターキーを押した。するとアメフトはほとんどヒットしない。代わりに道路標識が映し出された。米国のカリフォルニアには高速道路の州道八五号線が走っているらしい。

Ｔシャツの数字はその道路標識に似ている。思わず拍子抜けした。格好いいと思っていたことも恥ずかしくなった。例えばそれは秋田県内を走る「国道七号線」や「国道一三号線」の標識がプリントされたＴシャツを何も知らず自慢気に着ている場合の滑稽さと変わりがない。

なぜわたしはそのTシャツを買ったのだろう。持っているTシャツのほとんどが無地だ。文字や数字が書かれたものは例外的な存在と言っていい。買った理由はきっとあるはずだ。しかし何も思い出せない。

我が身を省みると、無意識のうちに行動していることがある。例えば砂漠や無人島などの探検中、独り言を言ったり突然歌い出したり、地面の岩に話しかけたりした。初めは気晴らしだと思っていたが、旅が長くなるにつれ頻度が増し悲愴《ひそう》感も漂ってきた。それは孤独や寂しさの中で不安や恐怖を断ち切るための行動だった。無意識の行動にも意味があるのだ。ならばスポーティーなTシャツを無意識のうちに手に入れて着ていたことにもきっと深い意味が潜んでいるのではないか。

わたしはTシャツを着て鏡の前に立った。道路標識とはいえカリフォルニアの文字といい大きな数字といい、実にタフなイメージだ。着るだけで疲れ知らず。ガンガン先へ行けそうだ。わたしは無意識のうち衰えつつある体力に不安を抱いていたことに気づいた。四十代の半ばを過ぎ、二十代の頃には考えもしなかった現実だ。元気が出そうなTシャツを着て、わたしは自分を奮い立たせようとしていたのだ。

無意識の行動。実はそれこそが嘘《うそ》偽りのない自分自身を赤裸々に映し出す鏡なのだ。

「CALIFORNIA　85」のTシャツを着たわたしは高速道路を走る車のように今日も元気だ！　もう中古車の仲間入りだが、まだまだ行ける。

（2014・9・6）

ロシアのお粥

九月にロシアのサハリンへ出かけた。今回は江戸時代の探検家、間宮林蔵の足跡を追うテレビ番組の仕事で制作クルーと一緒だ。現地で朝食のためホテルの食堂に行くと、クルーたちが互いの顔を見合わせ話していた。

「うわ、甘っ！」

「塩をふってみたんですけど、余計だめですね……」

彼らは出されたお粥《かゆ》を渋い表情で見つめた。ロシアのお粥はめっぽう甘い。白米をミルクとバターで煮込み、仕上げにこれでもかというぐらい砂糖を入れる。ロシアの家庭料理カーシャだ。胃にやさしく健康にいいからと現地では朝食に食べるらしい。お粥が体によさそうだと思うのは日本人も同じだが、砂糖で甘ったるくされるとそんなことは二の次だ。塩と砂糖を間違えて作ったスープのように上を下への大騒ぎとなる。

今回で四度目のロシアとなるわたしは以前にもカーシャを口にしたことがあった。

「日本人は米が好きだと聞いたから、いつもの倍作ったよ」

そのとき一緒だったロシア人はそう言ってカーシャのおかわりを勧めた。相手の好意を無下《むげ》にはできない。仕方なく深呼吸をし勢いよく掻《か》き込んだ。ところがそれが裏目に出た。食べっぷりがいいと勘違いされ、どんぶり三杯も食べさせられるはめになったのだ。

わたしは取材クルーたちにそんなエピソードを披露した。修羅場をくぐり抜けてきただけに甘い粥にも今回は余裕だ。彼らに冗談さえ飛ばした。

「何度か食べているうちに慣れてきますよ。カーシャと聞いただけで生唾がこんこんと湧いてくるかもしれません」

「まさか――」

クルーたちは苦笑した。

遅れて食堂にやってきたロシア人通訳も話に参加した。彼はカーシャと聞いただけで腹が鳴るほど好きらしい。カーシャは白米だけでなく、蕎麦《そば》や小麦、黍《きび》でも作られる。味つけも砂糖はまだ序の口。強者は蜂蜜をたらしたり、練乳をかけたりするらしい。甘ければ甘いほどカーシャらしくなるという。

話をしていると給仕がわたしにもカーシャ入りの茶碗《ちゃわん》を持ってきた。さっそくスプーンで口へと運んだ。甘すぎる！　わたしは戦慄《せんりつ》を覚えた。生唾が湧き出すどころか、平らげる自信すらない。しかしどんぶり三杯と話した手前、途中でなげだすこともできない。深呼吸をしてカーシャを掻き込んだ。ところがそんな食べっぷりがロシア人通訳の目にも痛快と映ってしまったようだ。

「もう一杯、今度は蜂蜜か練乳で食べてみませんか？」

彼は給仕に蜂蜜や練乳はあるかと聞いた。給仕は顔を横に振った。崖っぷちに立たされたが、辛うじて難を逃れることができたのだ。それにしてもわたしは、ロシアに行く度にやせ我慢してカーシャを食べる運命にあるのかもしれない。

（2014・10・11）

辺境の色

インドの小チベット、ラダック地方を訪れたのは二十五年以上も前のことだ。出会った人や通り過ぎた町並みなど記憶が薄れゆく中で、今でも印象深く思い出すことがある。中心都市・レーの標高は三六五〇メートル。富士山でいえば九合目に当たる。空気が希薄で、高山病の症状が出て頭痛がする高度だ。ラダックと富士山頂付近は景色も似ていて、どちらも大小の岩が転がるばかりのガレ場だ。立ち木はもちろん低木や草、苔《こけ》さえ目に留まらない。死の世界と言ってもいいが、富士山とは違いラダックには人々の営みがある。そんな場所でどのようにして生活が成り立つのか。レーの町から車で郊外に出かけるとその思いは一層強いものとなった。

人里離れた場所には岩山をくり抜いて造ったチベット寺院が点在していた。寺院の中は冷凍庫のように寒く、暗くて何も見えない。孤立した場所で一生を送る僧侶が少なからずいると聞かされたがどんな人生なのか想像すらできない。暗がりで懐中電灯をつけると壁の様子が見えた。一面に曼荼羅《まんだら》が描かれている。しかも全てが青、赤、黄、緑などの原色で塗られているではないか。あまりの鮮烈さに一瞬、見てはならないものを見てしまったようで心臓が高鳴った。寺院の外に出ると再び単調な景色。ラダックの人たちがなぜ派手な配色の絵を描いたのかあらためて疑問に思った。

その後かなり経《た》って同じような体験をした。英国の北に浮かぶシェトランド諸島を訪れた時のこと。出かけたのが冬だったこともあり、毎日のように吹雪に見舞われた。頬を打つ風は辛辣《しんらつ》で、雪は何もかもを白く染め上げた。町を歩いていたら店先にカラフルなセーターが掛けてあった。シェトランドは上質のニット製品で知られるが、わたしが見かけたのは中でも色鮮やかなフェアアイル柄のセーターだった。日本で着たら派手すぎるが、氷雪に数カ月間も閉ざされるシェトランドではとりどりの色がすさんだ心を癒やし、ぬくもりを与えるように思われた。

チベットとシェトランド。二つの旅を通してわたしは人間の色彩感覚について考えた。単調な色の世界で生きることを余儀なくされる人間は本能として身近にない色を求めるのかもしれない。色に対する渇きというのだろうか。人間には意識の中に色彩感覚のパレットが備わっていて身の回りのものを派手にしたり地味にしたりしてバランスを取っているのかもしれない。チベットの曼荼羅やシェトランドのフェアアイル柄セーターは人間の感情表現であり、辺境に生きる人の心模様なのだろう。

四季があってさまざまな色に囲まれて暮らしている日本人にとってそんなことは無

縁だと思っていた。ところが昨年、横手市にかまくらを見に出かけた時、子どもたちが目の覚めるような青や赤の綿入れ半纏《はんてん》（どんぶく）を羽織っているのを見た。雪国秋田の人にも同じ色彩感覚が働いている。

雪の季節。そう言えばわたしも赤いセーターを持っていた。そろそろ箪笥《たんす》から出して着よう。

（2014・11・22）

新年を着物で

今年十月、ニューヨークで開かれるパーティーに招待された。女性の探検家らが開催する晩餐会《ばんさん》だという。ドレスコードの案内によれば「カクテル」とある。男性ならばタキシードに黒い蝶《ちょう》ネクタイだ。

とはいえ日本から参加するのだから和服で出かけたい。着物好きの妻に付き合ってもらって東京の男着物専門店を訪ねた。

「生地を選んで仕立てる場合、このぐらいの値段になります」

店主は電卓を叩《たた》いて数字をチラリと見せた。その値段に硬直気味のわたしに彼は追い打ちをかけるように言う。

「百貨店で買おうと思えば、桁が違ってきますよ」

欲しいのは海外のパーティーでちょこっと着る程度のものだ。新品のパソコンが買える高額では困る。わたしの膠着《こうちゃく》状態を打破するように妻が言った。

「もっと手頃なプレタ（既製着物）はないですか？」

最近の女性着物には気軽な既製品も種類が豊富だという。

「あることはあります。ただし柄の無い男着物の場合、素材が悪いと貧相に見えちゃう。化繊織物はペラペラですから」

妻は食い下がった。

「中古だとどうでしょう」

店員は棚から何着か取り出してわたしに試着を勧めた。どれも裄《ゆき》や丈が短くジャストサイズのものはない。現在市場に出回っているのは昭和前半までに仕立てられたものらしい。戦後、男性は着物を着なくなり、昭和の後半以降に仕立てられた着物を市場で見かけることは少ないという。

ふとわたしは以前日本に来た英国の友人が、何げなく発した言葉を思い出した。

「日本人がキモノを着なくなったのは不憫《ふびん》だ」

彼は真夏に大汗をかきながらスーツを着ている日本のビジネスマンを見てそう言った。スーツは梅雨や猛暑日がない英国の気候と風土に合わせて作られた。日本男子はスーツを偏重しすぎるあまり和服の利点を顧みなくなったのだ。この国には今や、本来あったはずの男着物文化があるとは言い難い。気軽に買い物さえできない東京の呉服屋でわたしはそんなことを感じた。

古着を見ているうち亡き父が正月に着物を着ていたことを思い出した。実家の母に尋ねるとまだ箪笥にあるという。もとは大正生まれの祖父が仕立て、父が貰《もら》い受けたものだという。さっそく袖を通してみたが確かに裄が短い。やはりだめかー。ところがわたしの着姿を見て妻が言った。

「代々の着物なら、サイズが小さくても、そこにストーリーがあっていいんじゃない」

悉皆《しっかい》屋にメンテナンスをお願いするとそれは新品のように甦《よみがえ》って戻ってきた。残念なことにニューヨーク行きがキャンセルとなり海外で着る機会はお預けとなった。辛うじて娘の七五三に出番があった。着物を着ると心が引き締まって心地いい。洋服では味わえない気分だ。この正月は祖父や父と同じく、着物に袖を通して新年を祝ってみたい。屠蘇《とそ》の味はきっと格別なものだろう。

（2014・12・27）

男の化粧

中国四川省の成都に出かけた時のこと。現地の案内人が遠くを指さしてわたしに言った。

「あそこに日本人がいますよ」

都心部のショッピング街では無数の人が歩いていた。わたしは人だかりに目を凝らしたが日本人を見つけ出せなかった。

なぜ彼は瞬時にわかったのか。尋ねてみると答えは単純だった。

「日本人はきれいに化粧をしています。中国の女の人はほとんど化粧をしませんからね」

化粧をした日本女性は中国ではかなり目立つ。ただし男性の場合、中国人と日本人では外見からは見分けがつかない。

先日、東京出張のついでに百貨店の紳士物売り場をのぞいた。特設の売り場では小物入れがいくつも売られていた。どれも財布にしては大きいし、鞄《かばん》としては小さい。はて。声をかけてきた店員に尋ねると思いがけない答えが返ってきた。

「化粧ポーチですよ」

まさか！　わたしは驚きの声を上げそうになったが店員は真顔だ。最近では男性も化粧ポーチを持ち歩く時代になったという。ポーチの中身は歯ブラシやひげ剃《そ》りならまだしも、脂を取るための顔パックやニキビを隠すファンデーション、目もとをシャープにするためのアイラインを入れる人もいる。化粧をする男性は二十代から三十代の社会人が中心で、就職活動中の学生にも広がっているらしい。

化粧をする男たち。歴史を紐解《ひもと》くと意外なことがわかった。日本では明治時代に廃れるまで男性も化粧をしていた。ひな人形などに名残が見られる公家の眉化粧。さらに源平合戦の武将たちも化粧をした。薄化粧していた平敦盛《たいらのあつもり》があまりにも美しく、敵方の武将が彼の首をとるのをためらったという逸話は歌舞伎の演目にもなっている。

日本男児はなぜ化粧をしたのか。疑問を解く鍵のひとつは浦島太郎伝説にあると思う。浦島太郎は龍宮の乙姫から玉手箱をもらって帰ってくる昔話の主人公だ。最古の伝説が残る丹後（京都府）には浦嶋神社があり、彼が持ち帰ったとされる玉手箱が収蔵されている。それを見てわたしは考えさせられた。玉櫛笥《たまくしげ》と呼ばれる化粧箱だったからだ。

玉手箱を開くと白煙が立ち上り、浦島太郎はたちまち老人となった。子どもの頃は不思議で仕方がなかったが、中に入っている化粧道具を使えば老人になれないことはない。さらに浦嶋神社には神事で使われるもうひとつの玉櫛笥があり、そこには意味深長なものが入っていた。翁三番叟《おきなさんばそう》を演じるための老人神の仮面だ。延年祭ではその舞が浦嶋大明神に奉納される。つまり浦島太郎は単に年老いただけではなく老人神になったのだ。

現代人にとって化粧は外見を若返らせ美しくするものだが、古代では逆に老人神となるためのものだった。自らを神格化し高貴さを演出するための道具だったのだ。

現代の若い男性の化粧にそこまでの精神性が見出《みいだ》せるか。それはともかく歴史は繰り返すというから、中国で日本男児が目立つ存在になる日は遠くないかもしれない。

（2015・2・14）

どんちゃん騒ぎ

まだ二十代の頃の話。当時勤めていた会社の営業局で、期末の三月に行く社員旅行があった。職場の仲間三十人ほどで伊豆や箱根の旅館に泊まり、ただ飲んで帰ってくるというものだ。温泉宿での宴会と言えば、楽しそうな響きがある。しかし入社して年数の浅いわたしにとっては、気が重いイベントだった。

何せ飲まされる酒の量が半端ではない。宴会場のステージには日本酒の二斗樽《だる》(三六リットル)が四つも並んでいた。取引先からの差し入れらしいが、三十人の宴会にしては多過ぎる。一人当たり約五リットルの計算だ。誰がそんなに飲むというのか。

宴《うたげ》は鏡開きとともに始まる。上司や女子社員らが木槌《きづち》で樽を勢いよく叩き割り、酒の飛沫《ひまつ》が床を濡《ぬ》らした。一九九〇年代の初め、まさにバブル経済終盤の世相を象徴するような風景だ。

さっそく若手のわたしはお銚子《ちょうし》を三、四本持ち、上司や先輩にお酌をして回った。彼らに酒を勧めると、決まって返杯がある。わざと小さめのお猪口《ちょこ》を差し出すと、うるさ型の上司がつっかかってきた。

「若いんだから、でかいのでやれよ。名前にも大の字がついてるじゃないか。おーい、幹事！　ビールジョッキ、大きいやつ」

彼は大ジョッキになみなみと樽酒を注ぐと、わたしに差し出した。会場ではそのうち誰かが歌い出し、踊り出し、喧嘩が始まったかと思えば、女子社員とどこかに消える者もいた。年に一度のどんちゃん騒ぎだ。

どんちゃん騒ぎとは床をどんどん踏みならし、箸で茶碗を叩き鳴らすような騒がしい酒席に由来すると思っていた。ところがルーツは江戸期らしい。当時の国語辞典『俚言《りげん》集覧』によるとドンは太鼓、チャンは鐘の音で、歌舞伎の合戦の場面で鳴らす楽器からきている。歌舞伎を持ち出すと文化の香りがしてしまうが、実際のどんちゃん騒ぎは高尚なものではない。それはシナリオのない狂騒劇だ。

大ジョッキで日本酒を飲まされたためだろう。わたしは前後不覚に陥ったらしく、その後の記憶がまるでない。気がつくと、すでに朝だった。部屋にいる同僚たちは皆こわばった顔つきをしている。

「何かあった？」

わたしは二日酔いで割れそうな頭を抱えながら尋ねた。

「天井を壊しちゃったんだ」

昨夜、宴会が佳境になると胴上げが始まり、勢い余って天井の板を打ち抜いてしまったらしい。旅館の女将《おかみ》は相当な御冠《おかんむり》で弁償はもちろん、今後の出入りまで禁じたという。

われわれは宿を早々に退散した。そして償いをして反省していたはずが、一年後には別の温泉宿で今度は高額な大壺《おおつぼ》を粉々にしてしまった。

最近、当時の上司が相次いで他界した。振り返ると彼らとの思い出は、仕事よりもどんちゃん騒ぎの方が心に残っている。そしてあの時のどんちゃん騒ぎをすることがもうできないと思うと、自分の人生も砕けた壺のようだと喪失感を覚えてしまう。人生はどんちゃん騒ぎのような狂騒劇なのかもしれない。再び三月が来て、ふと思った。

（2015・3・21）

職業の時制

大学を卒業後、わたしは東京の広告代理店に就職した。五年ほど経ち仕事に慣れてきた頃、不思議な強迫観念に苛《さいな》まれた。仕事が増えてやりがいのあるポジションが与えられると、それは目に見えない重力のようにのしかかってきた。次々と押し寄せてくる仕事をこなしてもやり切ったという実感が持てない。自分が消耗していくような虚無感が残った。

ちょうどその頃、休暇で秋田の実家に帰省した。わたしは両親から尋ねられるまま仕事のことを話した。当時、担当していたのは大手菓子メーカーが製造販売するチョコレートの広告制作だった。チョコレートの需要期は冬だ。発売となる一年以上も前から競合コンペが始まり、遅くとも夏までには全ての制作が終わる。いつも一年先のことを考えて現在の時間を費やし、広告が人目に触れる頃にはもう次の年の作業に入っている。

弁護士の父はわたしの話が一段落すると、ぼそりと言った。

「広告は未来をつくる仕事だからいいじゃないか。弁護士なんて過去のことばっかりだから……」

確かに広告の仕事は未来との追いかけっこのようなものだ。それに比べて弁護士の仕事は過去との我慢比べみたいなものだという。父にとって現在という時間は、常に誰かの過去の過ちや誤解を解くためにあった。

消し去れない人間の過去に縛られる仕事より、未来に新しい絵を描くような仕事の方がずっと楽しいだろう。父はわたしにそう言った。

父と話をしたことでわたしは独特の職業観を抱くようになった。現在、過去、未来。時間軸で眺めると職業は三つに分けられるのではないか。

たとえばスクープを求める新聞記者や現行犯を追う警察官、火事を消し止める消防士にとって重要なのはいつも今だ。一方、考古学者や歴史小説家、骨董《こっとう》品の販売人にとっては過ぎ去った時代があるからこそ現代の仕事が成り立つ。反対に未来を見据えることで社会に貢献しようとする職業もある。気象予報士、先物取引をする金融ディーラー、建築士などだ。

どの職業にも現在、過去、未来という時間は流れている。それでも社会の中で求められる役割によって、軸足となる時制が違っている。

何気ない父の言葉でわたしは自らを顧みることもできた。広告業の場合、現在行っている仕事が日の目を見るのはいつも未来だ。仕事が終わったと実感できるのも数カ月先となる。だからいっそのこと、わたしが暮らしているのは未来であり、現在には仮住まいをしているだけだと思ってみよう。発想を変えた途端、強迫観念や虚無感は消え失せた。未来を請け負う職業に誇りさえ感じることができた。

働く人にとって日常はいつも現在とは限らない。職業によって過去形だったり未来形だったりする。世の職業に三つの時制があるからこそ、社会に暮らす人々は過去から現在、そして未来へと向かうことができる。職業は社会の中で時代のバトンを繋《つな》ぐ役目を担っているのだ。

（2015・4・25）

写真と迷信

写真に写されれば、魂を抜き取られる――。今どき、そんなことを信じている人がいるだろうか。写真を初めて見るような遠い昔の人ならまだしも、現代日本ではそこに魂がこもっていると考える人はいまい。わたしもそう信じ、疑念を差し挟むことすらなかった。ところがある出来事を契機にひょっとしたら……と感じるようになった。

それは探検家のヘイエルダールについてネット検索していた時のことだ。ノルウェー生まれの彼は筏《いかだ》に乗って南太平洋を漂流、ポリネシア人のルーツを探ろうとしたことで知られる。今でも著作『コンティキ号探検記』は古典的名作の一つだ。

わたしは一九九四年にノルウェイの首都オスロで彼に会ったことがある。誰も考えつかないことを考え、それを実行することに感銘を受けた。彼が亡くなったのは二〇〇二年のこと。ニュースにもなったし、知人との会話でも知っていた。

ネット検索を始めると、彼の肖像写真が数多くヒットした。動画サイトにはカメラに向かって話しかけている映像もある。ややこしいのは死んだはずの二〇〇二年以後に投稿されたものがあることだ。そのような写真や動画に接するうちに、彼はまだ生きているのではないか……と思えてきた。もちろん錯覚だ。そう自覚しつつも、ネットにアクセスすれば彼はいつもそこにいる。ネット上で生き続けていると言っても過言ではない。

考えてみればネット世界は不思議な存在だ。そこでは生と死がほとんど区別されていない。現存している人と他界した人の画像が分けられることなく混在している。写真や動画を見ているだけでは、存命者か死亡者かはわからないのだ。

例えば昨年、突然他界してしまった親戚がいる。彼の死後もフェイスブックやブログはそのまま残され、まるで生きているかのようにいつでも会える。それが無くなってしまえば彼との接点が断ち切られるようで喪失感も大きくなるだろう。しばらくの間、そのままにしておいて欲しいと願う自分がいる。ところが彼のことを知らない人が見たら、たぶん生きていると勘違いするかもしれない。

ネット世界は生死の区別がないアナザーワールドだ。生きている人だけではなく、死んだ人にも平等に居場所が与えられている。それは人間の意識がつくり上げた精神的領域と言ってもいいだろう。われわれはいつの間にか途方もない世界をつくり出してしまったのだ。

写真を初めて見た江戸時代の人は、まるで生き写しされたような画像の鮮明さに驚《きょう》愕《がく》した。魂が抜き取られ、死んでしまうかもしれないと恐れた。もはや現代人はそんな迷信に躍らされることはない。

いや、本当にそうだろうか。新たなネット世界が出現したことで、そうとも言っていられない気がしてきた。人は死んでもネット上で生き続けることができる。肉体は滅びても、魂が写真に乗り移りネット上で生き延びていけるのであるまいか。時代が廻《まわ》り、古くさい迷信が馬鹿げたものとは言えなくなる時が来たのだ。

(2015・5・30)

国際運転免許証

外国に行く時には国際運転免許証を持って出かける。それがあれば現地で資格を取らなくても車の運転ができるからだ。ただし世界各地で車を自由に運転できるかというと話は別だ。

米国ではどこへ行くにも目的地まで何十マイルも離れていることが多い。効率よく回りたい場合、どうしても車を利用しなければならない。日本では毎日のように車を運転しているので道路の左側通行に慣れ切っている。それがいきなり右側通行に変わると混乱する。車のハンドルも右だったものが、左に変わるわけだからなおさらだ。レンタカーで一週間ぐらいかけて各地を回る予定なら問題ないだろう。わたしの場合はせいぜい半日借りる程度なので、慣れる前に冷や汗だけかいて終わる。

米国はまだいい方で、同じ右側通行のロシアは厄介だ。ハバロフスクでは日本の中古車がレンタカーとして使われている。つまり右側通行の道を右ハンドルで走らねばならない。運転席が道路の右側にくるので、曲がり角や車を追い越す時に方向感覚が混乱する。日本で輸入車（左ハンドル）に乗っている人と同じ不便さだと思えばいい。

外車乗りにはその不便さが優越感であるらしいが、それはロシアでも同じことだという。とはいえ日本人の我々からすれば、中古の日本車に心がときめくことはない。右側走行という不慣れさを強いられるのだから疲労困憊《こんぱい》もいいところだ。

世界をあちこち旅していると日本と同じ左側通行の国は少数派だ。英連邦加盟国の英国、豪州、ニュージーランドなどで、それらの国に行くと少し気持ちが楽になる。ところが車を借りようとすると途端に問題が生じる。英国ではマニュアル車がほとんどだ。わたしは学生時代にマニュアル車で運転免許を取ったはずなのに、その後はオートマチック車しか運転したことがない。クラッチは？　坂道発進は？　と記憶の奥底まで潜っていかなければならない。また英国の道路には日本ではほとんど見かけないラウンドアバウト（円形交差点）などがある。慣れないマニュアル車でその中に入ればエンストしないようにするのが精一杯で、どこを曲がったらいいのかわからないまま円の中を回り続けなければならなくなる。

どこに行ってもそんな調子だから車を使うより歩いた方がましだと思うこともある。米国でのこと。宿泊している宿から目的地の国立公園まで八マイル（約一三キロ）ほどだった。レンタカーの店があるのは国立公園とは反対側で、ずっと遠い。店まではバスで行けるらしいが、二時間に一本あるかないか。レンタカーを借りるまでが面倒なので歩いて出かけた。結局、車を借りれば行き帰り三十分程度で済む所を四時間もかけて往復した。国立公園内でも四時間ぐらい歩いたので、その日は八時間歩きづくめとなった。

さすがにそれに懲りて以後も国際運転免許証を持って出かけているが、運転することはまずない。念のために用意はするが使うことがない。何とも厄介な旅の持ち物のひとつなのだ。

（2015・7・4）

酒と世界支配

かつてサハリンから帰る飛行機で、商社マンと席を隣り合わせた。彼は日露間を何度となく行き来するうちだいぶ酒が強くなったと話した。わたしはうなずいた。ほんの数週間の旅でも、ロシアでは飲む機会が多かった。しかも乾杯の酒はいつもウォッカだ。火酒とも言われるようにアルコール度数が高く、火を点《つ》ければ燃え上がる。そんな酒で一晩中、乾杯を繰り返したらどうなることか。旅をする前は想像もできなかったが、体内がくまなくアルコール消毒されたような感覚だ。数カ月も現地に暮らす商社駐在員ともなればホルマリン漬けクラスだろう。

その商社マンはロシアで強い酒を飲み続けるうち、ある歴史観を育むようになったと語った。ロシア人が広大なユーラシア大陸にまたがる土地を支配できたのは、ウォッカの力に負うところが大きかったというのだ。ロシア人は酒を飲む習慣がなかった少数民族にウォッカを飲ませ、虜《とりこ》にした。ライバルが他の酒を与えてもウォッカより強い酒はなかった。人々は一番強いウォッカを持つロシア人の支配下に落ちたというのだ。

一風変わった歴史観だが、ロシアでウォッカを飲んでみると納得できる部分はある。彼らはそれをストレートで飲む。水も氷も入れない。その杯はとても小さいのに、一杯飲み干すだけで酩酊《めいてい》感が身体中を駆け巡る。まるで魔法の水のようだ。飲みつけると他の酒では物足りなくなる。ウォッカを提供してくれる人になびいていくという感覚はわからないでもない。

商社マンの説によれば、ウォッカは日本人には強すぎて口に合わなかった。そのため支配を免れ、現在の日露間に国境線が存在することになったという。その酒は他民族を支配する道具となり得るのだろうか。日本にも考えさせられる神話が伝わっている。「日本書紀」などによればヤマタノオロチを退治したスサノオは酒を用いた。彼は八塩折之酒《やしおりのさけ》を飲ませ、酔ったところを見計らって切りかかった。ヤマタノオロチは八つの頭と尾を持つ大蛇とされるが、実在したとは思えない。何かの喩《たと》えかもしれない。それを反抗的な八つの敵の部族だったとすればどうだろう。スサノオはヤマタノオロチを斬《き》った後、草薙剣《くさなぎのつるぎ》を手に入れた。異民族支配の象徴という感じもする。神話にそんな歴史が秘められているなら、日本人も酒で天下統一を成し遂げたとみることができそうだ。

では八塩折之酒とはどんな酒だったのか。語源から読み解くと、八はたくさん、塩は熟成もろみを搾った汁、折は繰り返すという意味。酒を造り、粕《かす》を取り除いた搾り汁に原料を入れてまた酒を造り、ということを繰り返したものだ。原料は「衆菓《もろもろのこのみ》」とあるので米ではない。甘い果実の酒で仕込みを繰り返した酒は、アルコール発酵も止まって糖化が進んだ濃厚な甘い酒だったのだろう。

ロシア人がウォッカで日本を支配できなかった理由は、われわれがとびきり甘い酒を好んだためだったからかもしれない。

（2015・8・8）

忍者の足跡

一年のうち、一、二度はあることなのだが、今年もテレビ局のディレクターからドキュメンタリー番組の企画依頼がきた。番組になりそうなテーマはないかという問い合わせだ。受けるからには調べものをきっちりとして、本当に撮影できるかどうかも確かめなければならない。案を出せば必ず番組になるという保証はないし、幾《いく》ばくかの収入があるわけでもない。いつも時間と労力をいたずらに注ぎ込むだけに終わってしまうので、この手の依頼は厄介なのだ。

今回の問い合わせは奈良のテレビ局からで奈良県に関する番組の企画提案だった。電話をしてきたディレクターに向かってわたしは言った。

「住んだこともないし、奈良のことは知らないんですけどね」

「高橋さん独自の視点で奈良の隠れた魅力に迫っていただきたく……」

「そこまでおっしゃるなら」

わたしの経歴をよく調べずに依頼をしてくる方もしてくる方だが、口車に乗せられ受けてしまうこちらもこちらである。

さて、奈良と聞いて思い浮かぶのは大仏であり正倉院であり鹿だ。奈良県には他に何があったっけ。斑鳩、奈良漬、せんとくん……。所詮《しょせん》それぐらいしか思い浮かばない。やはりわたしに奈良の番組企画などできるわけがない。ところが冷静に見つめ直すとそこに重要な鍵があった。奈良といえば修学旅行で見たものが記憶されている程度だ。一般の日本人も同じ感覚だろう。修学旅行で行かない場所にこそ、切り込む余地が残されている。

地図を開くと奈良県最南端に果無《はてなし》山脈という地名が見えた。果てが無い山なんて！世界を探してもこんな名前がついている場所は他にないだろう。そこには一本足の妖怪「だたら」の怪異譚《たん》が伝わる。山地を往来したのは修験者だという。

奈良県南部はいまなお秘境であり修験道の聖地だ。修験道の開祖、役小角《えんのおづぬ》は大和国（奈良県御所市）の生まれだ。忍者との接点もあるらしい。忍術の郷《さと》として知られる伊賀（三重県）には百体を超える役小角像がある。忍者たちの精神的支柱だったことが伺《うかが》える。そんな謎に触れたら追跡してみないわけにはいかなくなるではないか！

わたしは書きかけの本の原稿を脇へと追いやり、番組企画の下調べに没頭した。そして二週間を費やして提案をまとめた。結果はあえなく選外だった。

またしても徒労に終わったのだが、気になることがあった。修験道の広がりを調べていた時に、役小角は遥《はる》か秋田にまで足を運んだらしいと知った。太平山《たいへいざん》三吉《みよし》神社(奥宮)や横手市の熊野神社は彼の創建と言われる。秋田でもどこかに忍者の足跡が残されているのではないか。探し出したらおもしろいことになるだろう。性懲りも無く好奇心に再び火がついた。

まるでプロレスみたいな展開だ。リング内の試合が終わった後にお決まりの場外乱闘が始まる。そしてそちらの方がずっと興奮する。仕事をほったらかしのままヒートアップしていきそうで、ちょっと怖い。

(2015・9・12)

秋のランチ

たぶん知人からたくさんもらったのだろう。おすそわけだと言って弟がヤマブドウを一キロほど持ってきた。我が家にはパン好きの四歳になる娘がいるのでジャムを作ってみようか。わたしはネット検索で水を加えない濃厚ジャムのレシピを見つけた。秋の味覚を存分に味わうには濃厚な方がいいに決まっている。舌なめずりをしながらさっそく調理に取りかかった。

やがて玄関の呼び鈴が鳴った。宅配便が届いたらしい。エプロン姿のまま出て行って段ボール箱を受け取った。以前パン屋をしていた友人からだ。

彼と出会ったのはサハラ砂漠にあるオアシスの町だった。大学時代のことだからもう二十五年以上もの付き合いとなる。当時の彼は三〇〇〇キロにも及ぶアフリカの交易路を自転車で越えようとしていた。そして無事に帰国したら自分のパン屋を開きたいと夢を語った。はっきりした将来像を胸に地平線へとペダルを漕いでいく彼の姿は輝いて見えた。わたしも同じルートを徒歩とヒッチハイクで越えようとしていたが、将来の進路など何も考えていなかった。彼と出会ったことで自分の旅は現実逃避の冒険に過ぎないと悟らされた。

帰国後しばらく経って彼は自分のパン屋を開店させた。名前はアフリカの旅で見かけた動物にちなんで「らくだ」にしたという。マフィンでも背負っているかのような愛嬌《あいきょう》ある姿はパン屋の名前にも合いそうだ。彼はたまにわたしにもパンを送ってくれて、商売はうまく軌道に乗っているように見えた。

ところが二年前に彼から手紙がきた。突然、無気力状態に陥り医師から躁鬱《そううつ》と診断されたという。心配になって電話をかけると彼は省みた。やるからには一番にならなければならないという価値観で生きてきた。それがいつしか強迫観念に変わった。生き方を間違えた——。そう言うと彼は店をたたみ、音信不通になってしまったのだ。

届いた宅配便の箱を開けると焼きたてのパンがいっぱい詰まっていた。手紙らしきものはなかったが、住所が書かれたカードが入っていた。店の名前は「らくだ」だという。

辛《つら》い状況を乗り越え、彼は再起したのだ。サハラなどを自転車で越えた男に心配など無用と信じていた。それでも再びパンが届くと、彼はまたひとつ過酷な〝旅〟を乗り切ったんだと思った。心から祝福したい気持ちになった。

居間の片隅で遊んでいた娘が興味深げに近づいてきた。娘には3斤分もある大きな食パンが珍しいらしい。それをぬいぐるみのように抱きかかえ「赤ちゃんみたいだねえ」と笑った。

わたしは台所に戻り、ヤマブドウ果汁に再び火をかけた。煮詰めていくと最初は小さく黒っぽく見えた果実が鍋の中で目が覚めるような赤紫に輝いた。甘酸っぱい香りが鼻をくすぐる。冷やすとしっかりとした味わいのジャムができあがった。

さあ、お昼にしよう。届いたパンにできたてのジャムを塗って——。娘は飛び跳ねて喜んだ。実りの秋がお腹ばかりか心も満たしてくれる、そんなとびきり美味なランチタイムになった。
（2015・10・17）

冬のオバケ

今年はどこよりも早くクリスマスツリーを飾ろう。クリスマスソングが好きで夏でも繰り返し歌っていた四歳の娘と、そんな約束をした。とはいえ十月では早過ぎる。せめてハロウィーンが終わった後の十一月にしよう。そう思っていたら先を越されてしまった。秋田市の商業施設では十月に巨大なクリスマスツリーを飾り始めた。今年はハロウィーン商戦が熱を帯び、クリスマスツリーとジャック・オ・ランタン（ハロウィーンのカボチャ）が混在する怪し気な雰囲気であった。

日本人は異国文化を持ってきて自分たちのいいように作り変える。オムレツにご飯をつめ込んだオムライスならまだいいが、クリスマスとハロウィーンの習合なんてけしからん。子どもが混同したら困る。そのように鼻息を荒くしてみたものの、親のわたしが未《いま》だハロウィーンのことをよく知らない。

ハロウィーンは子どもがオバケの格好をして町内の家々を回る欧米由来のイベントだ。「お菓子をくれなきゃ、いたずらするぞ（トリック・オア・トリート）」という決まり文句とともに飴《あめ》やクッキーなどをもらう。子どもが扮《ふん》するのは黒猫やドラキュラ、骸骨、魔女、フランケンシュタインなど。西洋の幽霊や妖怪が総出演するオールスター大会みたいな感じと言えばいいだろうか。

日本ではいつ頃、誰が始めたのだろう。店先での賑やかしが目立つわりには欧米のように行事として定着していない。クリスマスやバレンタインで飽き足らない商売人らの仕業かもしれない。だとしたら柳の下のドジョウ程度だろう。わたしは冷ややかに眺めた。第一、木枯らしが吹く頃にオバケのイベントなんていらない。日本では伝統的に幽霊が来るのは夏と決まっている。ハロウィーンは深まりゆく秋にお化け屋敷を新装開店するようなものじゃないか。

そもそもなぜ寒々しい季節にオバケ行事が始まったのか。ルーツを探ると古代欧州に暮らしたケルト人の風習に遡《さかのぼ》るらしい。彼らは十月三十一日を大晦日《おおみそか》とし、死者の霊が家族を訪ねてくると信じた。その時いっしょに怖い妖怪や魔物もやってくると考えたのだという。

わたしはサンタクロースの正体を追い求めた自著『十二月二十五日の怪物』を書い

た時に読んだ資料を思い出した。古代欧州では古い年と新しい年の間に裂け目ができ、この世とあの世がつながってしまうと信じられた。新年に当たる冬至が近づき、あの世から妖怪や怪物がやって来る。しかしそれは怖いだけではなく人々に新年の実りや健康、幸福をもたらす存在でもあった。キリスト教会はその魔物をサンタクロースにすり替えたという。

何と、ハロウィーンのオバケはサンタクロースのルーツと同じだったのだ。そして何よりハロウィーンとクリスマスをひと続きの祝祭シーズンと考えてもおかしくはないことになる。

冬のオバケはいらないなんて言わずに、もっと大切にしなければならない。来年は商業施設に負けないようにクリスマスツリーを飾ろう。ハロウィーンを調べたがために、ますます早期化していきそうな我が家のクリスマスなのである。

（2015・11・21）

秘密のパパ時間

もう十五年も前の話になる。ロンドンの広告代理店で働いていた時、週のうち何回かブレックファストミーティングがあった。職場の早朝会議で、おいしいサンドイッチとコーヒー、フルーツが出てきた。ちょっと豪華な朝食が楽しみで二時間早いバスに乗るのも苦ではなかった。最近は日本でも朝型出勤が増えているらしい。

朝型と夜型。仕事のはかどり方からいって人間は二つのタイプに分けられる。わたしは本来朝型だ。早朝の五時ぐらいに起きて仕事をすると能率がいい。夜型の人は午前二時ぐらいまでがいいところだろうか。

先日、仕事をしている編集者から「わたしとは真逆の生活をされているようですね」と言われた。彼に送ったメールの時間帯がまずかったらしい。送信時間を確認すると午前三時二十一分だ。きっと起こしてしまったのに違いない。世の中が寝静まっている頃に原稿を送ってしまったことを後悔した。

子どもを寝かしつけるため夜八時に布団に入る。そのまま朝まで一緒に寝てしまうこともある。さすがにそれでは自分の時間がなくなるから子どもが寝たら布団を出ようと思ったが暗い部屋で横になってしまうと身体《からだ》が言うことを聞かない。いっそのこと早寝早起きして仕事をしようか——。そんな習慣が身につき午前二時には目覚めるようになった。考えてみれば深夜の二時なんて草木も眠るうしみつ時だ。起き出して仕事をするのは幽霊しかいない。

もともと朝型だったわたしだが、うしみつ時型に慣れてしまうとなかなか心地よい。とにかく静かで邪魔が入らない。スピーカーを大音量にして「バイク、ノートパソコン、プレイステーション……」とがなり立てる廃品回収車は来ないし、屋根を修理しないかと呼び鈴を押す業者もいない。

世の中は休眠中であってもネットを開けばホームページなどで取材の下調べができる。ネット社会が出現する前、うしみつ時は不毛の時間だった。今やこれ以上仕事がはかどる時間帯はないと思えるほどだ。

それだけではない。夕食を済ませてすぐ寝なければならないため酒を飲まなくなった。午前二時から六時までひと仕事終えた後、朝食までの間にウオーキングをするようにもなった。ダイエット効果がてきめんに現れ、何よりすこぶる体調がいい。

とはいえ良いことずくめというわけでもない。こんなライフスタイルでは他人との接触が少なくなる。地球に生きていながら、謎の深海生物になったのではないかと思えるくらい別世界に生きている感じがする。第一、世間にわたしと同じライフスタイルの人間は何人いるだろう。少なくとも会社勤めをしていたら無理だ。ところが十五年ぶりに会った友人も子どもを寝かせつけるため早く布団に入り、午前二時に起きて仕事をしているという。感心なのは彼が多忙なはずのテレビ局勤務のサラリーマンという点だ。

育メンがたどり着いた秘密の時間帯。育児で仕事や趣味の時間がないと悩んでいるパパたちにオススメです。

（2015・12・26）

家事する探検家

一年のうちどれくらい探検に出かけているのか？　よく聞かれる質問だ。探検家を名乗っているので年がら年中、家にいない旅ガラスと誤解されるが、現実はそれほどでもない。確かに世界一周をした時は連続で三カ月ほど家を留守にしたが、一カ月以上に及ぶことはあまりない。探検について考えない日はないが、一年を通してみると旅をしていない期間がほとんどだ。

家にいるときは執筆等の合間に家事に明け暮れることになる。炊事、食器洗い、洗濯、掃除、ゴミ処理、買い物、育児。一応、何でもひと通りやる。いや一応なんてもんじゃない。やり始めると根っからの凝り性も手伝って技術と効率を求める。

もちろん妻はそんな夫を歓迎しているとみえる。彼女の友人の間ではわたしが探検家であるというより、家事をこなす旦那として知られているようだ。だが誤解されては困る。別に家事を生き甲斐《がい》にしているわけではない。そこにはわたしなりの覚悟がある。大げさに聞こえるかもしれないが、家事は探検のトレーニングなのである。

探検家に憧れていた二十代、わたしは日本の南極観測隊越冬隊長を務めた鳥居鉄也氏（故人）に探検家の条件を尋ねた。極地を行き来した彼の経験からきっと白瀬矗《のぶ》の五戒のようなことを言うのではないかと想像した。白瀬矗が守っていたとされるのは⑴酒を飲まない⑵煙草《たばこ》を吸わない⑶茶を飲まない⑷湯を飲まない⑸寒中でも火に当たらない――というものだ。

しかし鳥居氏からの返答は禁忌とは無縁だった。探検家を目指すなら何でも屋になれという。ひとたびフィールドに出たら身の回りのことは自分でできなければならない。食材の手配から料理、皿洗い、洗濯、ゴミ処理、お針子仕事、怪我《けが》や病気の手当て、壊れた機械の修理等。おろそかにすれば厳しい環境下ではそれがもとで命取りになることもある。探検家を志す者は雑事をこなせる人間でなければならない。隊長として人を引っ張るならなおさらだ。

当時は意外な教えに感じられて戸惑ったが、探検を重ねるうちその意味がわかってきた。過酷な土地で行う仕事の成否は、普段と同じように生活ができるか否かにかかっている。家事仕事はそれをもたらすものだ。南米のロビンソン・クルーソー島ではチリと英国から専門家が参加する調査隊を率いた。わたしが心を砕いたのは食事や掃除など身の回りへの配慮だった。それが言葉や文化の違いを越えて人々の心を通じさせ、同じ目標のもと力を合わせる信頼感につながった。目に見えない下支えのような家事こそが全ての基礎になる。

鳥居氏のアドバイスは今なおわたしの中にある。どんな仕事もやらなくなると勘が鈍る。多国籍隊での長期海外遠征などこの先なさそうでも、探検家として在るために家事に向かう。傍目《はた》から見ればわたしは家事をこなす旦那にすぎないだろう。それでも家庭だって社会という厳しいフィールドに出る冒険者のベースキャンプではないか。手ぬきなどできない。

（2016・2・6）

渡りの季節

三月。すでに渡り鳥たちは北帰行を始めている。鳴き声を発し隊列を組んで進んでいく姿に不思議と心が動かされる。いったいどこまで飛んでいくのだろう。はるかな旅路は壮大な物語そのものだ。彼らはどうやって故郷に帰り、再びやって来るのか。計り知れない神秘の物語でもある。

渡り鳥は少年の頃から気になる存在だった。広大な空間を自由自在に行き来する探検家をイメージさせ、憧れを誘うところがあった。

「子どもの頃から旅がお好きだったのですか」

探検家となりインタビューを受けるたびに、息詰まる質問のひとつだ。

少年時代のわたしは旅が苦手だった。長距離バスや電車ばかりか、乗用車で十分ほど移動する時でも車酔いをした。克服して旅が好きになったわけではない。だから親元を離れて日本を飛び出してみようという勇気がどこから湧いてきたのか、自分でもよくわからない。

ところが子育て中にふと思うことがあった。一年ほど前、娘が初めて幼稚園に行った日のことだ。それまでは平静を装っていたが、迎えのバスのドアが開くと涙を流してママに抱きついた。わたしは声をかけた。「おもしろいよ」「友だちがいっぱいいるよ」。楽しい世界があると言い聞かせようとしたが、娘は半信半疑の表情を浮かべた。幼稚園が楽しいかどうかは自分の経験で判断するしかない。その言い方では押しつけになってしまう。わたしは別の話題を口にした。「帰ってきたら風船で遊ぶぞ」「今日はおやつにイチゴがあるよ」。パパもその時を楽しみに仕事をして待っていると知った娘は納得して幼稚園に登園するようになった。

わたしは自分を顧みた。幼稚園や小学校から帰ると家にはいつも父や母がいた。嫌なことがあっても、喧嘩をして帰っても頼れる場だった。その安心感がいたずらや遠出をしたいという心の余裕さえ生んだ。わたしの探検心も芽生えた。

娘の不安を吹き飛ばしたのはそんな安心感だったのかもしれない。それは探検を前にする現在のわたしにも当てはまる。行くべきか、やめるべきか。シーソーゲームのような葛藤を経なければ「行こう」という踏ん切りがつかない時がある。最後の切り札となるのは好奇心や勇気に違いないが、それを下支えしているのは帰る場所の存在だ。行き先が遠い難所であればあるほど、帰るべき場所への思いは強くなる。

考えてみるとそれは渡り鳥の帰巣本能とどこか似ている。きっと人間の身体にも同じような本能や習性が備わっているに違いない。家庭や故郷が確固としたものである限り、その本能は発揮されどんな遠い世界にだって行けるようになる。いや旅の話だけではない。自分の殻を打ち破り、新しい世界に飛び込む勇気を与えてくれる。新しいチャレンジが始まる季節。飛躍を可能にするものとは何か。難しいことはない。安心できる家庭や故郷がある。ただそれだけのことが大切なのだ。

（2016・3・12）

探検キッチン

探検家にとって料理は必修科目のようなものだ。野外では限られた食材を最大限に利用して作るキャンプ料理の腕が求められる。何より一つの食材から数種類の料理を生み出す工夫と、料理の手順の簡略化が重要だ。手際よく短時間で調理し、ごみや洗い物をなるべく出さないようにもしなければならない。家庭の厨房《ちゅうぼう》とは違い不便でストイックさを求められる。慣れないとなかなか難しい。

例えば南米チリ沖にあるロビンソン・クルーソー島での探検中は毎日のように浜辺

でアジを釣り上げた。二週間ほど毎日アジばかり。それをどのように美味《うま》く、飽きないように調理するか。わたしは探検にいつも数種類の調味料を用意する。その時は塩、こしょうの他にカレー粉、コンソメを持っていた。それらを駆使し、刺し身にする以外に塩焼き、フィッシュカレーやスープなど飽きのこない日替わりアジ料理を堪能した。

キャンプ料理で一番頭を使うのは調理の手順だ。例えばカレーの場合、鍋は一つしかないので最初にカレーを作ると米を炊けなくなる。まずは米を炊き、ご飯をビニール袋に移しておく。炊き終わった鍋にはご飯が付いている。洗いたいところだが、水を節約するためそのまま鍋に水を入れてカレーを作る。完成したらその鍋にご飯を入れて食べる。ここでご飯を全部入れないのがポイントだ。フランス人がパンで皿の上のソースを拭き取って食べるように、残しておいたご飯で最後に鍋底をきれいにして食べ終える。すると洗い物は鍋とスプーンだけで済む。

探検はキャンプだけとは限らない。海外取材の際は、違った料理の技術が求められる。お世話になる外国人に振る舞うため、すしや天ぷらなどのもてなし料理ぐらいは作れないといけない。ヘルシーさや見た目の美しさなど和食にいいイメージを抱く外国人は多い。日本人と聞けば、毎日すしや天ぷらを食べていると誤解する人もいるくらいだ。そんな人たちの胃袋をつかめば、探検への協力は約束されたも同然なのだ。

とはいえ外国で和食を作るのは案外難しい。

ガラパゴス諸島を旅した時は船上でカツオのすしを作ることになった。ところが肝心のしょうゆがない。スコットランドでは天ぷらを揚げようとしたが、大葉やレンコン、サツマイモも見つからなかった。思い通りの食材や調味料が手に入るとは限らない。

ガラパゴスの船上ではしょうゆの代わりに塩を使ったが、調味料の違いはあまり問題ではない。しっかりと握って皿に美しく並べれば、それだけで喜ばれる。調味料はマヨネーズでもソースでも、あるいはタバスコを少々効かせたケチャップでもいい。オリーブオイルと塩という手もある。天ぷらも、地元で見つけた食材に衣を付けて揚げればいいのだ。天つゆや大根おろしがなくても構わない。むしろ地元の香辛料やハーブで食べると地元の人は親近感を覚える。わたしにも新しい味の発見がある。

探検に出ると料理までが新たな味や調理スタイルを求める探検になる。

（2016・4・16）

探検ごっこのススメ

「探検しよう、林の奥まで♪」（となりのトトロ）

「二人で探検＆冒険♪」（魔法つかいプリキュア！）

四歳の娘といっしょにテレビを見ていると、アニメ番組のテーマソングに探検という言葉がよく出てくる。最近見始めた「かみさまみならい　ヒミツのここたま」というアニメでは、登場人物の父が探検家という設定になっていた。

その家の壁にはアフリカや南米、オセアニアで収集したと思われる現地民族の仮面や彫像が飾られている。洋館のような屋敷に暮らす裕福な様子から、わたしのように自転車操業の探検家ではなく、大学教授のように安定した収入を有する人なのかもしれない。いやプロの探検家なら、旅や調査、生活費や養育費に困らない資金をスポンサーから獲得するひとかどの人物であるに違いない……と嫉妬してみたりもする。

子どもといっしょに番組を見ている他の親たちは、探検家という職業にどんな反応をするのだろう。アニメの世界のことだから、夢があっていいぐらいに思っているに違いない。しかし子どもたちにとって探検はリアルな存在だ。身の回りの世界を自分の力で知るためには探検が不可欠だからだ。

最近、ひらがなを覚えた娘と宝探し遊びをしている。わたしが何かを隠し、ヒントを手紙に書いておく。「ぬいぐるみのきしゃのうえ」。わたしのメモを基に彼女が探すというものだ。

ぬいぐるみを載せて遊んでいるおもちゃの汽車が三つあることを知っていたわたしは、そのうちリビングルームの見えない所にある汽車を隠し場所に選んだ。ところが彼女は普段の遊び場である和室に行けばどうにかなると思い込み、何も見つからないまま頭を抱えた。

「ぬいぐるみの汽車って何?」

そこでわたしは彼女に助言した。行動するより先に考えてみよう、と。やみくもに動いても徒労に終わるだけだ。まずは情報集めと分析が大切。確信を得てから行動に移らなければ成功は望めない。候補を絞って探しに行けば、きっといい結果が得られるだろう。大人の探検でも成否を左右するのはその点だ。

無事にリビングルームの汽車にたどり着いた彼女は、そこでもう一つの手紙を見つけた。

「かいだんのところ」

娘は二の足を踏んだ。

「いけないよ。こわいもん」

昼でも薄暗いその場所に一人では行けないという。彼女にとっては、まさに洞窟探検さながらのドキドキものなのだ。わたしは懐中電灯や魔物を追い払えそうな棒を持てばいい、とアドバイスした。大人の探検家だって暗い森や洞窟を前に尻込みすることはよくある。懐中電灯やナイフを持っているだけで精神的支えとなり、不思議と恐怖心に打ち勝つことができる。

未知の世界が身近にあふれる子どもにとって探検ごっこはスリリングなものだ。遊びでも情報を集め、仮説を立て、勇気を持って一歩踏み出すなら大人顔負けの探検になる。それを外の世界に向ければ驚きと発見に満ちたものとなるだろう。探検家である父としては、そんな遊びにこそ真剣に付き合いたい。

（2016・5・21）

誕生日ケーキウオーク

探検家という職業柄、肥満とは無縁と思われているようだ。旅に出ている間は確かにそう。重さ一五キロにもなるバックパックを何日間も担いで歩き回るわけだから、脂肪が身体につく暇はない。

ところが旅から帰って原稿に向かい始めると、途端に不健康になる。机にかじりついたまま日がな一日頭をかきむしり、ため息をつく。筆が進まないのに不思議と腹だけは減る。食欲に任せて食べ続け、一冊の本が完成する頃には、書いた本と同じ厚さの脂肪が身体についてしまう。探検と物書きを続けたら寿命が縮むようで恐ろしくなる。

そんなわたしは二年前、特定健康診査でメタボ予備軍と診断された。自宅にやって来た女性指導員は持参した体重計にわたしを載せ、巻き尺で腹回りを測った。規定値を上回っていることを確認した後、食生活について質問を始めた。料理に使う香辛料や塩分、ご飯の分量などの質問は、同席した妻にも向けられた。支援計画書が作成され、体重を一カ月に〇・四キロずつ、半年で二キロ、腹囲は二センチ減らすようにと目標が定められた。

ダイエットには、これまで成功したためしがない。一時的に体重を減らせたにせよ、すぐ元に戻ってしまう。リバウンドしないダイエットはできないものか。しかし無理は禁物だ。我慢を強いる食事制限や息の上がるランニングは長続きしないだろう。たどり着いたのは、息苦しくならないペースで一時間歩くというシンプルなもの。自宅の近くに往復約五キロの自転車道を見つけた。身体が自然と動くように音楽を聴きながら、雨の日も、台風の日さえも歩いた。ところが効果は現れなかった。

試行錯誤を繰り返すうち、重要なことに気付いた。呼吸だ。息が苦しくならないスピードだったからだろう、息を止めたまま五、六歩も進んでいた。

わたしは意図的に息をするようにした。六歩進む間に息を六回吐いて（この間、息を吸わない）肺を空っぽにし、次の六歩で六回吸って（この間、息を吐かない）いっぱいにする。それを四、五回続け、何分かおきに繰り返す。

ポイントは息を強く吐くことだ。目の前に誕生日ケーキがあると思って、ろうそくを吹き消すようにする。肺が空っぽになり、吸い込む息で体内が発熱する。ゆっくりと歩いていてもジョギングのように汗が出る。わたしは仮想誕生日ケーキを前に歩き続けた。

ウオーキングは有酸素運動とされ、ダイエットのためにと気軽に始める人が多い。ただし漫然と歩いているだけでは駄目なのだ。深呼吸するように意図的に息をしないと、身体の脂肪を燃やすほどの酸素が体内に運ばれない。

驚くなかれ。自ら誕生日ケーキウオークと名付ける歩行法を続けたら、二年で二〇キロも減量できた。健康診査で引っ掛かることはなくリバウンドもない。これだったら本当に毎日ケーキが食べられる！　いや、そんな気の緩みがリバウンドのもと。お楽しみは誕生日がくる日までお預け。その日を夢見て毎日、フーフーと練習しながら歩き続ける。

（２０１６・６・25）

前人未踏

県立美術館に「異界をひらく～百鬼夜行と現代アート」展を見に行った。一階展示室で足が止まった。藤浩志氏の作品「ｉ――ｄｏｌｌ ａｒｒａｎｇｅｍｅｎｔ」の前だ。ひと月前、わたしは偶然その美術家と会い、何げなく会話をしていた。

就職活動を控えた大学三年生にエールを送るような講義を、との依頼を受けて六月に秋田公立美術大学で特別授業を行った。講堂の後ろに固まって座る若者を尻目に、最前列に陣取る中年男性がいた。会社を途中リタイアして入り直してきた学生だろうか。そんな人の方がかえって学びに貪欲なものだ。

ところが講義の後、彼が近寄ってきて藤と名乗った。秋田公立美大の教授だという。彼はわたしが講義で紹介した「前人未踏」という言葉が印象的だと感想を述べた。

地図上から前人未踏の場所が消えて久しい。それでもロビンソン・クルーソーの住居跡や浦島太郎の足跡など視点を変えて世界を見れば、たどり着こうと思った人さえいなかった前人未踏の新境地はまだある。現代探検家のデスティネーション（目的地）とは、端的に表現すると「前人未踏」だ。時々思い出しては自分を鼓舞する。

わたしは学生の視界を広げるため、それを講義に持ち出したのだ。美術が目指すものも同じではないか。いや、何げない日常にだって前人未踏は転がっている。見つけ出せば人生はもっと刺激的で意義ある日々となろう――。そのひと言に、学生よりも真っ先に反応したのが藤氏だった。

「異界をひらく」展で思わず足が止まったのは、知り合って間もない藤氏だからというだけではない。それはキャンプ場をモチーフにした作品だった。

藤氏の手法は一風変わっている。捨てられた玩具を集めてつなぎ合わせ、新たな世界像を立体的に紡ぎ出すというものだ。テント前に作られた焚《た》き火は、女児の人形を円形に重ね合わせて表現されていた。

一瞬で心が凍《い》てついた。わたしもキャンプ地で拾ったゴミや廃材を焚き火にくべることがある。しかし人形を焼くことは絶対にしない。むしろ傍《かたわ》らに置き、不安な闇夜を無事に乗り越えられますようにと祈る。もし人形を燃やさなければならないとするなら、全ての物を焼き尽くした後、残った人形で何とか生命をつなぎ留めようと火にくべる。極限状態の最終章だ。

人形が焼かれる藤氏の焚き火は、壮絶死を遂げたキャンパーの墓場に見えた。これが絵画だったら人ごとで終わってしまっていたであろう。絵画にはもともとフィクション性が備わる。ところが本物の人形で見せられると、あらがい難いリアルさに心が押しつぶされてしまう。

捨てられてもなお、人形には魂が宿る。それは新たな造形物に生まれ変わることで一体、一体が現代のオシラサマとしてわれわれに新しい価値観や生死観をもたらす。輪廻《りんね》転生を可視化して見せられるようでもある。

廃棄物から人間精神の立地点、あるいは一線を越えた異界を表現することに成功した藤氏の作品。これぞまさにアートの前人未踏というべきだ。

（2016・7・30）

漂着物を探しに

「新屋浜（秋田市）に埋められたサメを探しているんです」

秋田公立美大の学生からひとつの取り組みについて聞かされたのは六月のこと。発端は昨年八月、地元漁師の地引き網に体長三メートルのサメが掛かったという出来事だ。人目を引くほど巨大だったため新聞やテレビでも報道され、死体は海岸付近に埋められたという。学生らはそれを掘り起こし、骨などを利用して作品を作りたいと夢を膨らませている。

巨大サメのことは知らなかったが、わたしも一年のうち何度か新屋浜に出掛ける。主に散歩や気晴らしのためだが、海岸で珍しい漂着物を見つけると探検魂のようなものが刺激される。

数年前には、波打ち際で外国の交通標識らしきものを見つけた。横一メートル半、縦一メートルほどの大きさで「中興新村内　府西路」と書かれていた。すぐにスマホを取り出し検索してみた。どうやら台湾の地名らしい。中部に位置する南投市の村だ。写真によれば熱帯林に囲まれ、れんが造りの建物が整然と並んでいる。台湾とは思えない西欧風のたたずまいだ。それもそのはず、英国の田園都市を手本として一九五〇年代に造られた人工都市だという。

秋田と台湾は直線距離で二〇〇〇キロ以上。看板はどのようにして新屋浜まで流れ着いたのだろう。おそらく東シナ海を北上して沖縄や九州沖を通り、対馬海流に乗って日本海へ。どれだけの月日を経たのかもわからない。果てしない旅路を想像するだけで、遠い憧れにも似た気分が心に芽生える。そういうのをロマンと呼ぶのだろう。

「名も知らぬ遠き島より流れ寄る椰子《やし》の実ひとつ」。島崎藤村が、漂着した椰子の実をもとに詩を書いてから百年以上たった。社会が進歩しても漂着物に対する不思議さは今でも変わらない。

新屋浜で網に掛かったサメは漂着したわけではないが神秘的な存在だ。どこで生まれ、どれほどの年数で巨体に育ったか。人間が知り得ない海のドラマが潜む。大海原を越えてやってきたサメを掘り返すことは、失われたドラマを救出することに違いない。わたしは学生たちが七月にサメ探査を行うと聞き、参加してみることにした。

それまで彼らはサメを埋めた業者から埋設地点を確認し、地面を二度掘ったらしい。ところが骨のひとかけらも見つけられなかった。なぜ苦戦を強いられたのか。海風に運ばれた砂によって地中深く埋もれてしまったのかもしれない。サメの骨は軟骨なので、地中で一年もたつと何も残らないかもしれない。

わたしは学生らと新屋浜の現場に立った。そして業者が埋めたという場所を再検討し、地面を掘り起こしてみたが、三度目の探査も成果なく終わった。印象的だったのは地面に置いていた昼食用のサンドイッチが、あっという間にカラスに食い荒らされてしまったことだ。埋められたサメも野生動物に掘り返され、食い尽くされてしまったのかもしれない。これもまたサメをめぐるドラマとしてありそうな現実だ。謎を追って徘徊《はいかい》するわれわれを前に、海はいつもと変わらぬ表情をしていた。

(2016・9・3)

旅人の市場論

旅に出て、地元の市場をのぞきに行く人は多いだろう。そこで目新しい物に出合えば、土地に根付いている珍しい文化を知るきっかけとなる。わたしも石垣島の市場でマンボウの切り身を見つけて驚いたことがある。水族館で優雅に泳ぐ姿にほのぼのとさせられたことはあったが、まさか食べる人たちがいたとは！　島人の暮らしに興味が向いた。

初めて訪れる国に着くと、わたしは最初に市場を目指す。どこの町でも市場は目抜き通りか、中心地にあることが多い。手にした地図を開き、宿から歩けば町の様子が把握できる。市場では真っ先に青果コーナーへ行く。珍しい果実や名前も知らないような野菜に惹かれるが、まずは普段日本でも食べ慣れているトマトを探す。色つや、形などを見て、うまそうなら買ってみるのだ。

「これください」

日本では何げなく出てくるはずのひと言が、外国では話せない。トマトを指さし、八百屋の主人にほほ笑みかけるしかない。それでも大体は笑顔で対応してくれる。

「ああ、トマトね」

今までそのようにして各国でトマトの呼び名を学んだ。パミドール（ロシア）、トマテス（チリ）、ドマテス（トルコ）、トマティム（イエメン）、ファンジア（中国）。

到着したばかりの外国ではトマト一つ買うのも楽ではない。いくらなのかも聞き取れないし、財布の中に入っているのは両替したての見慣れないお札やコインだ。金額が分からないときは財布の中身を開いて見せ、必要なお金を取ってもらう。するとトマトを買うのに、どの紙幣が必要で、おつりがどのくらい戻ってくるのか、経験的に理解できるのだ。

異国で買い物をするのは、高度なテクニックを必要とする。金額を把握し、財布の中から必要な紙幣を素早く選び出し、返ってくるおつりを瞬時に確認しなければならない。勝手が分からない外国人と思われて悪い商売人からだまされてしまわないように練習する必要がある。わたしが最初にトマトを買うのは、どんなに治安の悪い国でも市場の八百屋でぼったくられたことがないからだ。万が一、被害に遭ったとしても、たかが知れている。

無事にホテルに戻ったら、早速トマトを食べてみる。日本のものとは味や歯応えが少し違っている。それを食べながら今度は舌で覚えていく。ロシアではこれがパミドールの味、中国ではファンジアの味。そこまでできたら、もう現地に溶け込んだも同然だ。見ず知らずの国では不安なことばかりだ。誰かと笑顔でふれあい、言葉を交わし、お金を使ってみる。土地の人とやりとりをして、野菜を食べてみる。不思議と自分もここで何とかやっていけそうだと自信が芽生える。そこまでの体験を一気にできるのは市場をおいて他にない。わたしにとって市場は好奇心を満たすだけの場所ではない。やって来た異国で、現地に適応するためのオリエンテーション施設なのだ。

（2016・10・8）

地方史の魅力

愛知県知多郡武豊町《たけとよちょう》の町立図書館が三十周年を迎え、記念講演のために訪れた。武豊町は名古屋市から南に延びる知多半島に位置する。半島の西側は真珠の養殖地がある伊勢湾に臨み、温暖で風光明媚《めいび》な土地だ。

そんな武豊町には古来、浦島太郎伝説が伝わってきた。わたしは二〇〇三年に一度この町を取材で訪れており、それから十三年。長い時間を経ての再訪は、浦島太郎の話を地でいくかのようだ。アサリ池の水上に建つ町立図書館には龍宮城のようなたたずまいさえある。

講演準備のため、かつて訪ねた場所をネット検索してみた。浦島太郎が乙姫と出会ったとされるのが「乙姫橋」だ。取材当時は古びて何の変哲もない橋だった。そのさびれた様子から、伝説が潜むような感慨を覚える一方、朽ち果ててしまうのではないかと気にもなっていた。

橋はこの十三年のうちに新しく建て替えられ、遊園地のような雰囲気に変わっていた。ちょっと派手だが、伝説は新しい世代に受け継がれなければ継承しない。

武豊町の浦島伝説で注目すべき存在は、知里付《ちりふ》神社に奉納されている「あけずの箱」だ。浦島の玉手箱よろしく、開けてはならないという。全国の浦島伝承地には龍宮由来の箱が伝わっている地域もある。ところが、ふたが閉ざされたままの箱はない。みだりに開けてはならないというタブーが今なお残るのは武豊ぐらいなものだろう。神秘的で意味深な存在なのだ。

わたしも取材の際、中身を実見することは許されなかった。なおさら中身が気になる。白煙とともに老いさらばえてしまう話の結末を知ってはいても、箱の中を知りたい、見たいと思うのだから人間の好奇心は性懲りがない。

神社の宮司の話や郷土資料によれば雨乞いの時にだけ開かれ、中に納められている翁面を用いて翁三番叟が演じられたという。日本最古の伝承地、丹後半島（京都府）の浦嶋神社でも延年祭に翁面が箱から取り出され、翁三番叟が演じられる。単なる偶然だろうか。いや、背景を追ってみると、思わぬ事実にたどり着いた。古代日本の海でなりわいを立てていた人々（海人族《かいじんぞく》）は老人の姿をした神を信仰していた。彼らの聖地、宗像《むなかた》大社にも翁舞が伝わる。武豊のあけずの箱はその信仰の傍証なのだ。

浦島伝説の謎を解く鍵はまさにそこに隠されている。なぜ浦島は玉手箱を開けて、老人になってしまうのか——。彼は老衰したのではなく、老人神になったのだ。浦島太郎は最後に神になるハッピーエンドの物語だとみるべきだ。平凡に見える地方の風景にも発見の余地が残されている。地方史にこそ宝がある。今回の講演でそんなことを語った。

町を再訪して、武豊町にはもう一つ地域資産があることを知った。古い味噌たまり蔵がいくつも残されている。それも海運と関係がありそうだ。

旅は一度、二度では完結しない。次はたまりのことを調べてみよう。浦島伝説や海人族ともつながっているかもしれない。旅は連鎖するから面白い。

（２０１６・11・12）

食べる物語

今年もリンゴの季節となった。果物ナイフでリンゴの皮をむく度に、脳裏に浮かぶエピソードがある。子どもの頃の話だ。

わが家では夕食後によくリンゴが出てきた。晩酌で一杯気分の父は、母がむいたリンゴの皮を見て結婚間もない頃の思い出話を口にした。

「ずいぶん厚く切る人なんだって、思ったもんだよ」

父は母がむくリンゴの皮が厚いことを知り、家計がうまく回っていくのか心配になったと言う。

父はその後も酔うと陽気にリンゴの話を繰り返した。わたしは子ども心に同じ話を聞かされるリンゴより、黙って味わえるミカンの方がいいなあと思った。それでもリンゴに込められた両親の思い出はわたしの心に焼きついた。

リンゴには時空を超える壮大な物語が潜んでいる。それを知ったのは学校の授業でだった。英語で喉仏のことを「アダムのリンゴ」と表現する。聖書によれば原初の人間アダムは、エデンの園で禁断の果実を喉に詰まらせた。その名残が喉仏だという。

つまりアダムが口にしたのはリンゴだったことになる。

わたしもアダムのようにリンゴを丸かじりしてみた。口の中のリンゴで頬を膨らませ、それを手で触って喉仏と比べてみる。硬さや形はそっくりだ。しかも丸かじりで食べるリンゴは格別の味がした。自らのアゴで生命を獲得する野生の歓喜とでも言おうか。禁断の果実に食らいついた原初の人間の本能さえ垣間見える。リンゴは丸かじりに限る。わたしは食べ方にこだわった。

大人になり聖書の事跡を訪ねてイスラエルを旅した。伝説のエデンの園を探し、リンゴを丸かじりしたいと思った。ところが意外な事実に直面した。エデンの園はペルシャ湾にあったとされ、禁断の果実と考えられるのはバナナ、トマト、イチジクなどだという。わたしは疑問を投げ掛けた。それら柔らかい食物を喉に詰まらせても、喉仏にはならないではないか。しかしリンゴ説は皆無に等しい。伝説の地とはいえ、温暖なエデンの園でリンゴは育たない。中東を舞台とするならリンゴは候補にすら挙がらない。

禁断の果実をリンゴと見なしたのは冷涼な地に住む西欧人だった。彼らの生活圏にあったリンゴが一番それらしく思えたのだろう。それでもわたしは興ざめするどころか、アダムを思い浮かべ丸かじりを続けた。リンゴを食べるのにそのイメージが一番ふさわしいし、うまい食べ方だと思ったからだ。

わたしは食べることの意味を考えた。リンゴが体に栄養を与えてくれるように、リンゴにまつわる伝説が心に滋養をもたらしてくれる。どんな食べ物にも文化的背景があるはずだ。食べる物語があるからこそ心が満たされる。

今思えば、子どもの頃に聞いた両親の会話もリンゴをめぐる忘れ難い思い出だ。食べ物に秘められた物語を発見すると、食生活が豊かになる。

わたしは娘とリンゴを丸かじりしては、喉仏の伝説を語って聞かせる。

（２０１６・12・10）

二毛作の人生

昨年十二月で五十歳になった。同級生からの年賀状には「半世紀」という感慨の言葉が躍っていた。会社で創業五十年といえば盛大にパーティーでもするところだが、人間は違う。節目となる還暦まであと十年待たなければならない。

それでも五十歳は特別な感じがする。五十年生きたとなると、百歳も意識に上ってくる。五十歳は人生の来し方と行く末が俯瞰《ふかん》できる、絶妙の節目なのだ。

人生はよく山登りに例えられる。どんなにきつくても辛抱強く山道を登っていけば、頂上にたどり着ける。同じように、目標を立てて地道に前へと進めば希望をかなえられる。力強く心に届く人生訓だ。

ところが実際に山を登ってみると違和感を覚える。この例え話には登山のことが半分しか語られていない。登頂に重点が置かれるあまり、下山は意識の外にある。人生の道のりだって半分は下山のはずだ。人生は目標を達成すれば終わりというわけではない。

とはいえ山頂を極めた後で、次は何を目標に進んでいけばいいのか。下山道をゆく人生は、一線を退いて余生を送るような印象さえある。いや、そんな甘いものではない。実際の下山は足腰に負担がかかり、登りよりもきつい。下り坂をゆく人生の後半だって楽という保証はないのだ。

先日、富山県で一人の登山家を訪ねた。彼はスキーを背負って雪山に登り、山頂から滑り降りてくるという。登山とスキーどちらがメインなのだろう。わたしの質問に彼は言った。

「二度楽しめる。だから山が好きなんです」

わたしは気づいた。人生だって同じようにすればいい。これまでは、上り坂を一歩前進する登山をしてきた。山頂に達し、今後は下り坂となる。目的を果たし終えた登山者として下山するのではなく、スキーヤーとして下り坂に向き合ったらどうか。下山道は滑降のためのゲレンデに変わり、下降線をたどる人生に刺激とチャレンジを与えてくれるはずだ。

わたしはこれまで人生を一毛作のように考えてきた。一年間に一つの田畑で一種類の作物を収穫するように、一生涯で一つのことを成し遂げる。生き方としてはシンプルで美しい。

しかし、それがルールではない。人生は二毛作だっていい。同じ田畑から、異なる作物を二度実らせる。山の人生で言うなら、上り坂と下り坂で登山とスキーを楽しむ生き方だ。余すところなく楽しんでこそ幸福な人生なのではないか。

そういえば、人生の前半と後半で異なる生き方をした人に江戸時代の測量家、伊能忠敬がいる。造り酒屋として働いていた彼は五十歳から測量を学び始め、七十三歳で生涯を閉じるまで日本全図を作り続けた。人生の後半で大成したため、遅咲きと言われる。しかし本当は、一度きりの人生を二倍生きた人ではなかったか。

五十歳から新しいスタートを切ろう。いや、五十を過ぎてからでも遅くはない。人生を二倍生きる、現代の伊能忠敬を目指そうではないか。
（2017・1・21）

新・八百万の神

休みの日、五歳の娘と秋田市中心部にある商業施設・エリアなかいちに出掛けた。雪まつりイベントが開催され、広場には屋台が並び、にぎわっている。会場に次々とご当地キャラがやって来た。娘はかわいい姿に心を引かれるようだが、わたしは戸惑ってしまう。名前を知らないばかりか、区別さえできない。十年ほど続くゆるキャラブームの影響で各自治体や団体、企業がキャラクターを次々と量産した。その結果、どこの誰かも分からないほど増えてしまった。彼らはどんな役割を担っているのか。そもそもご当地キャラクターとは何なのか。

やがて雪まつり会場に怒号が響いた。わら蓑などを身にまとったヤマハゲだ。全国的に知られる男鹿のナマハゲに似た小正月の来訪神で、秋田市の下浜《しもはま》地区や雄和《ゆうわ》地区などに伝わる。白昼のヤマハゲ登場に子どもたちは騒然となった。娘の表情にも不安の影が差した。

「逃げるぞ」

わたしは娘の手を取り、怪物から遠ざかった。最近は飲食店や宿泊施設にもナマハゲやヤマハゲがやって来る。県外からの観光客には評判がいいらしいが子連れは落ち着けない。

突然登場したヤマハゲを前に子どもと一緒に逃げ回るわたしを見て、妻が言った。

「逃げるのは父親の役目じゃないよ」

父親なら怪物が来ても動じることなく、子どもを守り、存在の意味を教えなければならないという。確かにそうかもしれない。かつて男鹿でナマハゲ習俗を取材した時、各家の父親たちはそのように振る舞っていた。

とはいえ、これは遊びのイベントではないか。小正月行事の続きをやっているというわけではあるまい。ただし妻の気持ちも分かる気がする。彼女がヤマハゲに対して真面目な反応をするのは、ぬいぐるみキャラではなくリアルな姿だからなのだ。

〝観光ヤマハゲ〟を見ているうち、他のゆるキャラとさして変わらない存在に思えてきた。怖すぎるが、ご当地キャラの一員なのだ。ユニークな土地神であることから注目を集め、地元らしさを演出する存在として抜てきされたのだろう。

そんな目線で他のゆるキャラを眺めてみると、意外な背景が浮かび上がった。例えばエリアなかいちのマスコットキャラクターであるキツネの「与次郎」は、千秋公園にある与次郎稲荷のキツネがモデルになっている。元々は神様なのだ。いや実際に神社などで祀《まつ》られていなくても、ゆるキャラには地方の魂がぎゅっと詰め込まれている。美郷町《みさとちょう》の「ミズモ」は清水の妖精だ。東成瀬《なるせ》村の「なる仙くん」は現地の森にいるとされる仙人がモチーフだ。その他にも大曲《おおまがり》の花火、田沢湖、駒ケ岳、温泉、きりたんぽなど、地方の精神的根幹と言うべき自然や産物がキャラクターに擬人化されている。そこにアニミズム的な崇拝心が垣間見える。

いや秋田県ばかりではない。全国のゆるキャラたちは、現代日本人が求める魂そのものなのだ。たかがゆるキャラと思ってはなるまい。それは現代日本の八百万神《やおよろずのかみ》なのだ。

（2017・2・25）

和同開珎の旅

お金になれや、和同開弥《わどうかいほう》。

学生時代、テスト前日に年号を語呂合わせで頭に詰め込んだ。当時日本最古の貨幣とされていた和同開弥が誕生した七〇八（和銅元）年は、「なれや」と覚えた。試験が終われば語呂合わせなんて無用の長物。すぐに忘れ去った。ところが先日、埼玉県秩父市の山地で不意に記憶の奥底からよみがえってきた。

秩父の和銅黒谷駅から細い川をさかのぼるように進めば、道は断崖絶壁で行き止まり。そこに和同開弥の巨大な記念碑が鎮座していた。高さ五メートルに達するほどのコイン形の碑だ。何の変哲もない絶壁と巨大コイン。シュールな組み合わせに、あぜんとさせられた。

記念碑の台座には「日本通貨発祥の地」と刻まれている。奈良時代、秩父から献上された銅で和同開弥は造られた。この断崖絶壁が和銅露天掘遺跡だという。

歴史の現場である絶壁を、しげしげと眺める人はほとんどいない。記念碑がなければそこは何の変哲もない崖にすぎない。近くに銅鉱石や坑道もない。遺跡としての視覚的な説得力は皆無だ。訪れる人はせいぜい写真を撮影するぐらいだが大き過ぎる碑は何より威圧的である。水戸黄門らが振りかざす印籠と同じく、威光を前にひれ伏さねばならないような迫力に押される。不自然なサイズに違和感がつきまとう。なぜそんな巨碑ができたのか。

観光客はそこで想像力を求められる。花も咲かない崩れかかった岩場を前に、感動せよと言われても土台無理な話だ。何もない崖まで来て戸惑うばかりか、失望する人だっているだろう。

和同開珎の地元で関係者らが記念碑建造を計画したのは、多分そんな懸念からだ。実物は指先に載るほど小さい。原寸大のレプリカを展示しても、見落とされてしまうに違いない。いや何より、小さいものでは感動だって小さい。和同開珎といえば日本史上、偉大な歴史の一コマなのだ。不朽の歴史を末代にまで伝える記念碑を――と計画するうちに、巨大なものになったのではないか。

観光客だって何もない山中に突如巨大コインが出現すれば、事の重大さに感じ入るだろう。悠久の歴史に思いをはせつつ、碑の前で記念撮影をしたいという欲求を覚えるのだ。

わたしにしてみれば、そんなのは邪道だ。やはり絶壁を見て感じ入ってこそ本物である。そう思っていたが、崖だけでは何とも味気ない。結局、碑の前で記念撮影をするという探検家らしからぬ行動に甘んじた。

いや、それればかりではない。和銅露天掘遺跡の近くには金運向上を願う聖《ひじり》神社が鎮座している。日本最古の通貨をめぐるロマンに触れた観光客は、現世での金運も祈願していくらしい。

探検家は迷信になど溺れてならない。ところが金運に縁遠いわたしは、拝殿で思わず賽銭を弾んでしまった。そればかりか社務所で勧められるまま銭神のお札にまで散財した。お金が飛ぶように出ていく。いやはや和同開珎の旅は、財布ばかりが開放される顚末と相成ったのである。

（2017・4・8）

食物進化論

年に何度か、無性にコーラが飲みたくなる。子どもの頃は糖分が多く含まれているためか、めったに飲ませてもらえなかった。大人になっても飲む機会は少ないが、たまに衝動が起こる。

店の冷蔵棚にはコーラだけでも数種類が並んでいる。競合メーカーの商品ばかりか、同じ銘柄でも異なる複数のコーラがある。戸惑うのは砂糖入りとシュガーレスの違いだ。

最初にシュガーレスを見つけた時は「甘くないコーラってどういうこと⁉」と衝撃を受けた。ところが飲んでみるとしっかりと甘い。砂糖ではなく人工甘味料が使われている。それはダイエットコーラとも呼ばれ、カロリーがゼロだという。

さて、どれにしようか。冷蔵棚の前で迷った。味は大して違わない。砂糖の自然な甘さに比べ、シュガーレスの方が人工的な感じがする程度だ。その微妙な味の違いはこの際、問題ではない。心の中はカロリーをめぐって揺れ動いている。まれに飲むのだからどっちだってよさそうなものだが、カロリーゼロと言われるとなぜか心が傾く。そしていつも最後にはシュガーレスの方を選んでしまうのだ。

奇妙な商品は他にもある。ノンアルコールビールだ。酒であるビールから、アルコール分を取り去った飲み物だ。分類上は清涼飲料水に当たるらしい。とはいえ、ジュースやお茶のように会社の勤務中に飲んだら、きっと上司から叱られるだろう。やはり飲む場面は宴席に限られそうだ。愛飲家でありながら酒が飲めない事情を抱えた人のために開発された商品なのだろう。

わたしはそうまでしてビールを飲みたいとは思わない。ところが車で酒席に出掛けた時に、意外な側面に気づいた。酔った参会者がわたしに「ウーロン茶なんて」と毒づいた。宴席ではよくある光景だ。日頃から酒を飲めないと公言している人でも、宴席でソフトドリンクを飲むのは肩身が狭いものだろう。

わたしは次の機会にノンアルコールビールを頼んでみた。するとなぜか異論が出ない。肩身も狭くない。それどころか、同情の言葉さえ掛けられる。

この違いって何だろう。ノンアルコールビールはウーロン茶同様、酒ではない。しかし愛飲家たちはノンアルコールビールを飲む人を同類とみなす。つまりそれは個人的な嗜好品を超えて、集団の中で機能を果たす飲料として存在しているのだ。

製品として見るならコーラもビールもすでに完成の域に達している。シュガーレスやノンアルコール商品はそこから枝分かれした機能商品だ。

製品開発の分野でガラパゴス化という言葉がある。ガラパゴス諸島の各島で独自に進化した生物に例えて、細分・高機能化した製品開発のことを言う。特に日本の携帯電話やカーナビが例えに挙がる。ところが日常を見回してみれば、食品であって食品ではないガラパゴス化したような商品がいくつも存在する。

食物の選択は味や食感だけでは決められない。太るかどうか、肩身が狭くなるかどうかが飲料ひとつで左右される。現代において食物は随分と変わった方向に進化したものだ。

（2017・5・13）

アルプス一万尺

幼稚園から帰るなり、子どもが「アルプス一万尺」をやろうと言いだした。昔から伝わる手遊び歌だ。わたしは知らないわけではないが、どんなものか忘れてしまっていた。いや、記憶をさかのぼれば、男子のわたしが手遊び歌をした経験はわずかしかない。誰かと向き合って手をたたき合うのは、こっぱずかしいと思って敬遠していたからだ。

娘に言われるまま渋々、手をたたいてみる。手の動きは左右前後に展開し、速度が上がるにつれて反射神経や集中力が求められる。自分には無理な上、やはりちょっと気恥ずかしい。

「アルプス一万尺　小槍《こやり》の上で　アルペン踊りをさあ踊りましょ」

実際に歌ってみてドキリとした。小槍とは、長野県と岐阜県にまたがる北アルプスの槍ケ岳（標高三一八〇メートル）から突き出す岩峰をいう。登るのが困難な上、頂上で踊るとなれば決死の覚悟がいる。園児らは何食わぬ顔で歌っているが、本当はかなりの危険行為なのだ。

「アルプス一万尺」は昭和期にできた山の歌だ。京都大学山岳部員の作詞とも言われ、歌詞は二十九番まである。山男の実らぬ恋心が詠まれたものだ。それを知り、一番目の歌詞の意味が解けた。危険な小槍に登って踊ったら意中の人は振り向いてくれるのではないか——。失恋男の、破れかぶれの思いがにじむ。

楽曲の起源はさらに古い。十八世紀後半のアメリカ民謡にさかのぼり、独立戦争（一七七五〜八三年）で歌われた「ヤンキードゥードゥル」が原曲だ。日本ではペリー来航時（一八五三年）に行進曲として演奏されたという話もある。

先日、父兄参観で幼稚園に出かけた。女児らがクラスのあちこちで「アルプス一万尺」を歌っている。そこまで子どもを夢中にさせるものは何だろう。歴史に磨かれた美しい歌詞と旋律か。いやそれ以上に、幾通りもある難しい手の打ち方にこそ魅力があるのではないか。

彼女たちを見ていると、かつて旅をしたオーストリアの情景がよみがえってきた。アルプスの山中に位置するバート・ミッテンドルフ村でのことだ。

十二月の聖ニコラウス祭を祝う日。民家から手拍子が聞こえてきた。わたしは思わず窓から家の中をのぞき込んだ。車座になった六十、七十代の男女が、弦楽器の演奏に合わせて手をたたいていた。歌う者はいない。ひたすらリズムに合わせて手をたたくだけだ。ところが曲のスピードが上がるにつれ、拍手の勢いは激しくなり、緊張感と高揚感がむき出しになる。わたしは圧倒された。ただ手をたたくだけで人間同士が感情を共有し、本能によってコミュニケーションできるとは思いもしなかった。

「アルプス一万尺」の魅力は言葉を超えた人間同士の心のふれあいにある。それは単なる童謡ではない。アメリカ独立戦争から黒船来航、名峰北アルプスを舞台にした冒険と恋。それらの時空を経て、手遊び歌へと進化を遂げた名曲だ。そうと知ると自然と口ずさんでしまう。気がつけばわたしは「アルプス一万尺」好きな、ちょいヤバ親父《おやじ》になっていた。

（2017・6・24）

クマの糞

夏山シーズン到来に合わせ、太平山（秋田市）に登ることにした。最近はクマ出没のニュースが増えているので、気軽なレジャー気分というわけにはいかない。クマ鈴を二個に増やし、ラジオをつけて出発する。南西側の金山滝《かなやまだき》口から入山し、女人堂を経て二時間ほどで中岳《なかだけ》に着いた。いつもはそこで引き返すが、その日は奥岳方面に通じる道を進んでみることにした。

歩き始めてすぐ道は藪《やぶ》に覆われてしまった。下草をかき分けると、辛うじて細い道が続いている。その後も道は倒木で遮られ、崖崩れで消えた場所もあった。登山者が激減し、手入れされなくなったのだ。

一時間あまり進み、道のまん中に大きな糞《ふん》が落ちていた。どす黒く太い。それが五、六本積み重なっている。クマだ。わたしは近づいて観察した。笹のようなごわごわとした植物繊維が含まれている。しっとりとしているから、時間はさほど経っていない。まだ近くにいるかもしれない。

注意深く前進を続ける。すると再びクマの糞が落ちていた。分量は先ほどよりは少なめだが、ほとんど乾いていない。クマはいよいよ近くにいる。

気になるのは、どちらの糞も道のど真ん中にあった点だ。わざわざそこでしたと思えるぐらいの場所なのだ。山道を進んでいたわたしに対して送られたメッセージかもしれない。ここから先は自分の領域だ。立ち入るな……。そんなクマの意思を感じ取り、わたしは引き返すことにした。

散歩に出た飼い犬が電柱などに尿を引っかけるのは、自己アピールのためだと言われる。かつてシベリアを探検中、わたしはショッキングな体験をしたことがあった。森の中で用を足していた時、二匹の野良犬が近寄ってきた。野良犬はすかさず駆け寄り、わたしの排泄《はいせつ》物を争うように平らげた。自分の身体から出たものだけに、食われていく自分の姿を目の当たりにするような衝撃を覚えた。いや、このまま本当に自分が食い殺されてしまうのではないかと戦慄が走った。しかし彼らはわたしを追いかけてこなかった。空腹以外の別な理由があったのだ。彼らは外来者であるわたしの匂いや痕跡を自分らの領域から消し去りたかったのだ。単純に言えばわたしとの縄張り争いだ。

犬とは異なり、ツキノワグマは縄張りを持たない。それでもクマが、大音声とともに山道を進んでいたわたしにとびきり大きな糞を見せつけたとするなら、自分の存在の大きさを示そうとする自己表現だったのではないか。

自然の中で糞は単なる排泄物ではない。動物は糞を頼りに相手の存在を知り、身を引いたり自己主張したりする。糞を媒介に互いの間合いを取ることで、余計な争いを避けている。山の平和を保つ重要な一役を担っている。

クマに会うのは恐ろしいが、自分の存在を知らせ、彼らのサインを読み取って行動すれば、鉢合わせは避けられるはずだ。郷に入れば、郷に従え。山に入るわたしは、糞に従う。

（2017・8・12）

人魚伝説の謎を解く

大阪の建設業者からメールが届いた。福井県小浜市《おばま》の人魚伝説を追跡してくれないかという。小浜市が臨む若狭湾《わかさ》には、古くから八百比丘尼《やおびくに》という人魚の肉を食べて不老長寿になる女性の物語が伝わる。

これまでわたしは京都府の丹後半島に伝わる浦島伝説を追跡してきた。「風土記」や「日本書紀」には最古の浦島太郎説話が記される。丹後国に生まれた浦嶋子は、常世《とこよ》の国である蓬莱《ほうらい》（龍宮城）へと出かけ、三百年後に帰還を果たしたというものだ。

浦島伝説は何を意味するのか。丹後半島を起点に各地を巡るうち、古代日本の海辺に生きた海人族にたどり着いた。丹後国では四世紀以後に大型古墳が相次いで造られた。副葬品には銅鏡やガラスの腕輪などが含まれ、大陸とのつながりが色濃くみられる。最古の浦島伝説に道教思想が反映されていることからも、浦嶋子は大陸と行き来をした古代の航海者だったのではないかとの考えに至ったのだ。

浦島太郎と人魚は一見、無関係に見えるが、「不老長寿」というキーワードで結びついている。丹後半島は若狭湾に接することから、同じ思想から産み出された派生型の話と見ることも可能だ。

人魚といえば一九九九（平成十一）年に本県の井川町で興味深い発見があった。十三世紀半ばの洲崎遺跡から出土した板絵に人魚が描かれていたのだ。視座を大きく取れば、同じ日本海に臨む秋田でも人魚が意識され、何らか共通する思想が伝わっていた可能性さえある。

建設業者社長は小浜市に自社施設を構えようとしたところ、用地となる山の一角に神社があると知った。その神社こそ、八百比丘尼と由縁の深い聖地だった。歴史と文化、民俗的な背景を知った彼は地域の宝を無くしてしまうわけにはいかないと、施設建設を取りやめた。文化遺産として保全、整備すべく、小浜市の市民グループと立ち上がったという。まずは伝説に所縁のある山道を切り開き、トレッキングルートとして整備した。山開きは来月中旬にも行われる運びらしい。それを踏まえて、わたしに伝説の謎解き依頼がきたというわけだ。

「物語を旅する」というテーマを掲げ、各地を旅してきたわたしは、日本の伝説や民話、神話が埋もれていく現実を目の当たりにしてきた。伝承地を訪ねても、過疎化で語り部がいなくなったばかりか、伝承の存在すら忘れられつつある。空を切るような寂しさに、さいなまれることもしばしばだ。

わたしは八百比丘尼伝説の復興に立ち上がった社長らに共鳴し、プロジェクトに加わることにした。探検家として人魚や不老長寿伝説の謎を解くことで、埋もれた文化をよみがえらせたい。

地方消失への対策が急務とされる現代には地元回帰が必要だ。祖先の知恵が宿る伝説は日本人の精神文化そのものであり、真っ先に命脈をつなぎとめて次の代に伝えねばならない。小浜だけではなく、日本の伝説と伝承地のためにも成功させなければならない。

（２０１７・９・23）

探検靴

自分の靴をいつもきれいにしている人は、おしゃれと褒められる。靴を見ただけでその人が出世するかどうかを判断できるという人もいる。わたしはかつてイギリスの貴族を訪問したことがあった。着ている服はみすぼらしく見えたが、靴だけは完璧にピカピカだった。靴が美しいだけで立ち居振る舞いに品格が加わる。

靴はファッションアイテムというばかりか、行動範囲を如実に示す。わたしも靴をたくさん持っているがおしゃれ靴ではなく、どれも探検のための靴だ。

ゴム靴だけで四種類。ひざ下までの長靴、くるぶし程度の短靴。折り畳める携帯用と、足底にスパイクがついたもの。登山靴もハイカットからローカットまで、ガレ場用の硬いものや、長距離を歩くための軽くて柔らかい靴などさまざまだ。それ以外にも水中を歩くためのウオーターシューズ、砂漠で履くデザートブーツ、氷点下五〇度の極寒地にも耐えられるスノーブーツ、携帯用のスリッパやルームシューズもある。最近ではクライミング可能な岩登り靴も加わった。

探検靴だってＴＰＯ、つまり時と場所、場合によって細分化している。旅に出る時、どんな靴を準備したらいいか悩んでしまうほどで、結局いつも何足かの靴を持ち歩くことになる。

丸一日山河を歩き回った靴は泥だらけだ。汚れたままでは翌日、思わぬ場所でスリップしかねない。だから宿に着いたら面倒でも靴を洗わねばならない。日ごとの手入れが、けがや命の危険を防ぐ。

野外では靴がきれいでも「お上品！」と褒めてくれる人はいないだろう。ところが社交場にも増して、靴の手入れはおろそかにできない。それを知り実践している人は旅上手だ。靴を見ればその人がどれほどの旅人かがわかる。アウトドアかインドアかは関係ない。靴ほど饒舌《じょうぜつ》なものはないのだ。

ただし、持参する靴が多いのも困りものだ。「一足でどこへでも行ける究極の靴はないものか」とため息が漏れる。

先日、鳥取県の三徳山投入堂《みとくさんなげいれどう》を訪れた。絶壁のほら穴に、お堂が投げ入れられたかのように建つ光景は圧巻だ。「日本一危険な国宝」という異名通り、たどり着くのが大変で、崖の鎖場や岩場、木の根を頼りに這《は》い上がり、往復二時間を要する。「困難」と聞けばかえって行きたくなるのが人間心理。山登りの格好をした人ばかりか、ハイヒールやサンダルで来る観光客も後を絶たない。滑落事故が起きた後は、全員が靴のチェックを受け、不適当な場合は入山が拒絶されるようになった。

わたしが出かけた時にも、管理人からおしゃれ靴に注意を受け、代替用の草履《ぞうり》に履き替えて行く人がいた。

「草履という手があったか！」

わたしは盲点を突かれる思いがした。それは濡れた岩場や斜面でも滑りにくい。どんなに汚れても水洗いが楽だから足元がいつもきれいに保てる。

感心のあまり靴を減らして一足にするどころか、また一足、探検靴が増えてしまいそうで空恐ろしくなる。

（2017・11・11）

新しい手帳

明日は大みそかだ。新年の始まりに向け、スケジュール手帳を新しく用意する。それは工夫次第で人生の時間を管理し、新しいことにチャレンジするツールになる。

わたしがこだわるのは薄さだ。数ある手帳の中には一ページが一日で構成される日記帳みたいなものもあるが、分厚く重すぎてポケットに入らない。手帳を備忘録や日誌と考えるか、常時身につけて目的実現のための道具として扱うか。その違いが人生の向き合い方に大きな差をつける。

手に入れた手帳を開き、わたしは週ごとに第一番から順番に番号を記す。一年は五十二週と一日で構成される。カレンダー通り一年を月ごとに十二分割して把握する人は多い。暦上はそれでいいだろう。もし手帳を目標達成のツールとして活用しようと思うなら、その規定概念は変えなければならない。

なぜ一年を月ではなく週で考えるか。単純にいえば月単位では日数が変動するからだ。一月は三十一日あるのに二月は二十八日しかない。それが目標達成をめざす綿密な計画にとってハンディキャップになる。例えば英単語を一日十個覚えようと勉強を始めた受験生は、一月と二月だけで三十語の差が生じる。週単位で進めるなら毎週七十語ずつ変動なく学習を続けられる。また月単位では始まりや終わりの日が平日だったり休日だったりする。ささいな違いだが、ペースに乱れをもたらす一因にもなる。

日数と曜日の並びが均一化されている週単位を基準としてこそ、計画を単純化し、達成までの道筋をわかりやすくできる。実行する日々のテンポやリズム感は格段によくなるのだ。

五十二週法を学んだのはロンドンで暮らしていた時だった。現地で勤務した広告代理店では、半年は二十六週、四半期は十三週として中長期の目標を立て、それらを達成するための週間目標や一日の仕事量が定められた。理路整然として合理的である。

週ごとに進捗《しんちょく》を確認し、修正もきく。英国では仕事ばかりかダイエットに励んだり、読書計画を立てるなど趣味に応用している人も多い。一年を五十二等分し、自分なりにカスタマイズするスケジュール手帳は、機能的な人生設計のツールなのである。

執筆や探検計画、ウオーキングによる体調管理など、わたしは帰国後も五十二週法を積極的に活用するようになった。ただしそれは合理主義一点張りゆえに無味乾燥といった短所もある。日本人にとって暦とは、季節の変化を知る情緒的な存在でもある。そう思っていたら日本にも週単位レベルの暦法があると気づいた。歳時記の七十二候だ。元旦の「雪下出麦《ゆきわたりてむぎのびる》」（雪の下で麦が芽を出す頃）から始まる七十二候は、五日ごとに時節を言い当てた短文が連なる。日本人特有の繊細な感性で切り取られた自然情景だ。

第五十二番までを記した来年の手帳に、わたしは七十二候を書き込んだ。何の変哲もない五十二週が季節の移ろう五十二の舞台となり、そこには物語の予感さえ漂う。

手帳を使い、目標達成はもちろん、新しいドラマを生み出す一年にしたい。

（2017・12・30）

「和」の旅へ

最近「インバウンド」という言葉をよく耳にする。外国から日本に来る旅行者のことだ。

二〇二〇年の東京オリンピック開催決定後、日本に関心を寄せる人が増えた。地方に目を向ける旅行者もすでに多い。せっかく来てくれるのだから地方のことも知ってほしい。ただし東京にない観光地を案内し、郷土食でもてなしても一面的な魅力しか伝わらないだろう。本質的なものを理解してもらえなければリピーター獲得にはつながらない。

各国を巡ってみて、わたしの印象に残るのはインドの旅だ。首都ニューデリーに着いたわたしは約二〇〇キロ南東にあるアグラへ出かけ、タージマハルの美に触れたいと思った。駅の切符売り場で長蛇の列に並ぶと、貧者や物売りがひっきりなしにやって来た。電車に乗っても念願のタージマハルに着いても、押し売りは来る、物乞いはいる、泥棒まで出没するという始末だ。建築の美に漬かるどころか疲れ果ててしまい、わたしは「こりごり」と思った。

よく言われるように、インドは旅行者の評判が真っ二つに分かれる国だ。全てをありのまま受け入れるか、それとも全否定か。英語で言うなら〝Ａｌｌ ｏｒ ｎｏｔｈｉｎｇ〟となろう。訪問者に〝Ｎｏｔｈｉｎｇ〟つまり「無」とまで言わせしめ、それでいてリピーターが減らない国はインドぐらいなものだ。

その不思議な魅力を突き詰めると、インド文化の本質はその「無」にある。例えば数字のゼロを発見したのはインド人だった。ゼロの思想は宗教にも影響を与え、仏教の空《くう》や無の概念を生んだ。それは旅にだって無関係ではない。たとえ散々な体験をして無意味、無駄、無理といった「無」を感じても、それはインドの本質に触れた証しなのだ。王宮から路地裏まで全土で味わえるインドらしさだ。

外国人旅行者は日本にどんな魅力を感じるのか。米国の友人は「伝統と最先端技術の共存」と言った。確かに、古い神社仏閣とロボット開発のように不釣り合いなものが共存するのは日本ぐらいなものだ。われわれは外国の文化を輸入し、自分たちに都合よく発展させて生活に取り込んだ。それらは「和風」とか「和製」と呼ばれる独特の調和を保つ。日本人は古来、自らを「我《わ》」と言い、古代中国から「倭《わ》」とも呼ばれたが、その真意は「和」にあるのだ。

外国人が興味を引かれる日本とは、異質で相反するものに統一感を与える「和」なのだ。インドの「無」に匹敵する日本らしさの核心と言ってもいい。

日本らしい調和は地方にこそある。先日大仙市に行った際、地元の人が使うワカン（輪かんじき）を借りて雪上を歩いた。欧米の金属やプラスチック製のスノーシューとは違い、木製のワカンには独特のやさしい歩き心地がある。地元の人が使っている道具をその場で用いてみるだけで、地方の自然と生活の調和を味わえるものだと感じた。日本の「和」に触れるとき、「来て良かった」だけではなく、「また味わいたい」という感情が芽生える。わたしだってそうなのだから、きっと外国人の心にはもっと大きく響くはずだ。

（2018・2・17）

電子書籍と探検家

世の中で電子書籍はどれだけ普及しているのか、あまり実感がない。わたしは本を書き、いくばくかの印税を期待したい身であるから、もっと関心があっても良さそうなものだ。意識に上ってこないのは、わたしが電子書籍の利用者になっていないことにも理由があるだろう。そもそもわたしは、いまだに「本は紙であるべき」と思っているところがある。なぜそんな考え方をしてしまうのか。

正確に数えたことはないが、紙の本はたくさん持っている。書斎の壁面をおおう四つの書棚だけで二千冊はあるだろう。段ボール箱にはその倍以上を収納しているから、五千冊ほどだろうか。自宅にそれだけため込んでもさらに必要としているのだから、われながら空恐ろしくなる。かと言ってわたしはコレクターではない。全て仕事の資料だ。蔵書が増えるにつれ、書斎では本の方が幅を利かせるようになった。わたしは単なる管理人として囚《とら》われの身であるかのようなありさまなのだ。

ところで書棚には絵本から学術書、洋書、漫画、美術書、図鑑、地図帳、辞書などが並ぶ。わたしはそれらを探検のテーマごとに整理している。例えば浦島太郎伝説を追跡していた時の本は、記紀のような古典や絵本から、カメの種類を調べるための図鑑、龍宮について書かれた海の民俗や信仰の本、玉手箱の秘密を探るべく求めた神仙思想の本など。それらが並ぶ書棚は、他人が見れば脈略がないに違いない。図書館のように分類されていないからだ。ただしその配列が破られるとわたしは迷子のように混乱し、パニックに陥ってしまう。

一冊では、単なる本にすぎない。二冊、三冊と関連し合うことで有機的につながり、まるで生命体のように独自の物語を紡ぎ始める。浦島に関する本を渉猟することで、わたしは龍宮城のありかや玉手箱の正体、白煙とともに老人になってしまう謎を解く手がかりを得た。探検は蔵書から生み出される仮説を手にした時に始まるのだ。

蔵書を持って旅に出たいところだが、数は限られる。もし所有している五千冊を必要な時にタブレットなどで見られるなら理想的だ。とはいえ、どれも電子書籍として販売されていない本ばかりだ。自分で全て電子化するにしても相当な時間と労力を要する。わたしが電子書籍に躊躇《ちゅうちょ》する理由はそこにある。電子書籍は新刊本や漫画、雑誌、あるいは名作や貴重書などの一部が読めるだけにとどまっている。

しかしわたしがそれ以上の懸念を抱いているのも事実だ。いずれ世にある全ての書籍が電子化されるだろう。その頃には、開発が進んだＡＩ（人工知能）技術が本文検索機能とロボットの思考能力を組み合わせ、わたしが長い歳月を要してたどり着いてきた探検の仮説やそれに伴う計画など、瞬時に立ち上げてしまうだろう。そうなればわたしはＡＩの下僕となり、現地に事実を確認しに行くだけの雇われ探検家になってしまうに違いない——。

「本が紙であるべき」という意識はそんな空恐ろしい未来に対する抵抗なのかもしれない。

（２０１８・３・31）

さざえ堂ミステリー

江戸時代の人は、何とも不思議なお堂を建てたものだ。福島県会津若松市を訪れた際、飯盛山《いいもり》の「会津さざえ堂」に立ち寄った。高さが一六・五メートルある木造建物の入り口から中に入ると、螺旋《らせん》状のスロープを時計回りに上り、最上段から反時計回りで下りてくる。さざえ貝のような構造をしていることから、そう呼ばれるようになった。かつて堂内に安置されていた三十三観音を拝みながら一巡りすれば、坂東と西国の三十三カ所などを巡礼したことになるとされ、そのご利益から多くの参拝者が訪れたらしい。

迷宮とも言えるさざえ堂はいかにして造られたのか。古くはアラビアに起源を発し、16世紀にレオナルド・ダビンチがフランスのシャンボール城に造ったものが知られている。会津さざえ堂が完成したのは江戸後期の一七九六（寛政八）年だ。二重螺旋は立体駐車場など日常的に見られる構造だが、当時は大変珍しい存在だった。

その建築に秋田藩主第八代佐竹義敦《よしあつ》（一七四八〜八五年）が一枚かんでいたという説がある。義敦は、「解体新書」の挿画を担当した小田野直武《おだのなおたけ》らと秋田蘭画と呼ばれる洋風画を描いたことで知られる。義敦の写生帳には「実践遠近法規範」(ヴィニョーラ著)から模写したと見られる二重螺旋階段図が収められているのだ。模写されたのは会津さざえ堂完成よりも前に当たるため、義敦の写生帳が会津さざえ堂建築につながったという仮説は時系列的に矛盾しない。ただしそれを裏付ける証拠は何も見つかっていない。

ところが青森県弘前市で意外な事実に直面した。市街地の禅林街《ぜんりんがい》には、日本最北のさざえ堂に当たる蘭庭院栄螺堂《らんていいんさざえどう》がある。建設は一八三九(天保一〇)年と遅く二重螺旋ではないが、建築に当たったのは秋田屋安五郎という大工だった。安五郎の来歴を記した「津軽古今偉業記　津軽興業誌」によると彼は弘前の生まれではなく、外からやってきた大工だったという。秋田屋という屋号から秋田藩との接点が浮上する。やはりさざえ堂と秋田藩には、つながりがあるのではないか。

美術史家タイモン・スクリーチは「江戸の思考空間」で、義敦が江戸の町に建てた楼閣がさざえ堂の構造になっていたと推論している。もしそれが事実なら、写生帳の二重螺旋階段図は模写された後、秋田藩の江戸屋敷に再現されていた可能性が出てくる。

では秋田藩江戸屋敷の楼閣建築には誰が関わったのか。当時義敦らと接点があった人物で、二重螺旋階段の設計図を描けそうな者が一人いる。蘭学者の平賀源内《ひらがげんない》（一七二八〜八〇年）だ。彼は江戸で獄死するが罪状は、大名の別荘の設計図を盗んだ秋田屋という米屋の息子を殺害したことだった。その記録はうわさの域を脱しないが、大名を義敦、別荘を秋田藩江戸屋敷、設計図を楼閣（さざえ堂）とみるならそこにまたしても秋田屋が登場する。

さざえ堂をめぐり、途方もない歴史ミステリーが渦巻いているように思えてならない。わたしの謎解きはいま始まったばかりだ。

（2018・5・19）

ベルトを忘れずに

英国で広告代理店に勤務していた時のこと。重要な商談が始まる直前、自分の服装に気づいた上司が叫んだ。

「なんてこった！」

彼はグレーのスーツに純白のワイシャツ、ピンク色の水玉模様のネクタイを身につけていたが、腰のベルトをつけ忘れていた。それを見た周囲から笑い声が上がった。どんなに着飾っていてもベルトがないと間抜けに見える。彼は急にテンションが下がり、商談は不成立。チャンピオンベルトを奪われたボクシングの敗戦者みたいに意気消沈した。ベルトだって侮れない。

ところでなぜボクシングでは勝者にメダルやトロフィーではなくベルトを与えるのか。答えを探る上でヒントになるのが、文豪ヘミングウェーを撮った一枚の写真だ。彼は敵兵から奪ったベルトを腰に巻きつけ、誇らしげな表情を浮かべている。相手のベルトを身につけ、勝利を実感したのだろう。ベルトはまさに勝利者の象徴だ。いや、単にシンボルだけではない。世界にはベルトを使って勝利をつかむ強者《つわもの》たちがいる。

極東のアムール川を小型船で旅した時のこと。船が浅瀬にはまって動けなくなった末、エンジンが故障してしまった。船長はモーターを点検し、ファンベルトが切れていることを突き止めた。だが予備ベルトの持ち合わせはないし、町からは何十キロも離れている。周囲は巨大ヒグマが棲《す》んでいそうな大森林で、アムールトラだって出没しかねない。それでも彼は冷静さを失わず、腰からベルトを外してモーターに巻きつけた。エンジンを始動させ、どうにか最寄りの集落までたどり着いた。ベルト一本で窮地を抜け出す冒険をやってのけたのだ。

北アフリカにもベルトの冒険者がいた。チュニジアを旅していたわたしは一人の商人と出会った。彼は故郷である隣国アルジェリアに帰るところだった。わたしは一緒に国境の検問所に向かった。見慣れない東洋人と越境商人という組み合わせが、審査官の猜疑心《さいぎしん》に火をつけたらしい。彼はわたしの持ち物をあれこれと調べ、商人に対しても検査を厳しく執り行った。靴やシャツ、ズボンを脱がせ、違法薬物や持ち出し限度額を超える現金などを隠し持っていないか念入りに確かめた。われわれはそこで一時間も足止めをくらいようやく放免となった。国境を通過すると、商人はわたしに耳打ちした。

「どんなもんだい。やつはベルトには目もくれなかったぞ」

彼が得意満面でわたしに見せたベルトには隠しポケットがついており、中に高額紙幣が挟み込まれていた。どんな商売で手にしたお金かは知らないが、彼のベルトはわたしの記憶に刻み込まれた。

たかがベルト、されどベルト。普段はさほど意識されないくせに、ないと商談が不成立になるばかりか、いちかばちかの局面で命を落としてしまうかもしれない。ベルトは勝利の象徴として精神的支柱になるばかりか、危機一髪を乗り切る冒険を成功へと導く。ベルトを忘れたら一大事なのだ。

（2018・7・14）

ミスター・ロボット

「ドモ　アリガト　ミスター・ロボット」

こんな歌い出しで始まるアメリカンロックが一九八〇年代に流行した。日本製ロボットと人間の交流というSF映画のような歌詞だ。当時、高校生だったわたしは、偶然にもその曲がリリースされた年に渡米した。他に日本人を見かけることがない片田舎で、人々がロボット風に「アリガト」と口にする姿が印象的だった。

それから三十年以上の年月が経ったある日、わたしは急にミスター・ロボットを思い出した。それは回転ずしに出かけた時のこと。店頭で接客をしていたのはロボットだった。「いらっしゃいませ」と挨拶《あいさつ》をし、首をちょこんと傾《かし》げてみせる仕草《しぐさ》には愛嬌がある。いや、真心で接してくれているようで親近感を覚えた。ミスター・ロボットの曲には次のような歌詞がある。

「ボクは感情なしのロボットじゃない」

昔聞いた時は「ロボットに感情なんてあるわけがない」と思った。ところが今やわたしは、回転ずしのロボットに心があるかのような錯覚を抱く。ロボットが進化したということか。いや、単純にそれだけとは言えないようだ。

飲食店や商店に限らず、公共施設において、最近なぜか殺伐とした気分を味わうことが多い。「ご注文を繰り返させていただきます」「よろしかったでしょうか」など、店員らは個性や感情のない同じようなセリフを連呼する。本来はサービスの均一化や充実といった、接客の質を高めるためのものだが、実際にはマニュアルをただ棒読みするだけの対応になっている。現代社会では人間がロボットみたいで、逆にロボットの方が人間味を増しているのだ。しかも困ったことに、今のわれわれには、それを笑い飛ばすほどの余裕がない。

不安の根底をなすのは二〇四五年問題だ。あと二十五年ほどでコンピューターの性能が人間の脳を超えてしまうという予測がある。人工知能（ＡＩ）が勝手に自分よりも優秀なＡＩを生み出し、人間はロボットに支配されてしまうという。

いや、われわれはもう知らぬ間にその時代に入ってしまったのかもしれない。ロボットが人間の職場を奪うと言われるが、現に回転ずしではロボットが人間から店番を奪ってしまった。また最近、スマホで金融機関のサイトを開いたら、「わたしはロボットではありません」という宣誓にチェックする項目がありドキリとした。見知らぬロボットが勝手に自分の銀行口座にアクセスしてくることがすでにあるのだろう。

ミスター・ロボットは歌の中で人間にこう警告する。

「問題は明確になった。テクノロジーが過多なんだ。機械はボクらの暮らしを守ってくれるけど、機械は人間性を失わせてしまった」

思えばそれは単なるSF映画のパロディーソングではなかった。三十年後の未来に生きる、現代人への強いメッセージだった。ただし時間はまだある。ロボットと共存する幸せを模索したい。

（2018・9・8）

古代ブナを追う

鳥海山麓に一本の珍しいブナが生えていることを知ったのは今春だ。鳥海山・飛島ジオパークでガイドをしている伊藤良孝氏によれば、中島台・獅子ケ鼻湿原（にかほ市）

には、絶滅したムカシブナとそっくりの葉を持つ木があるという。

中島台は「あがりこ大王」と呼ばれる巨大な奇形ブナで知られる。巨樹が生い茂る森のどこかに、知られざる古代のブナがひっそりと棲息《せいそく》しているのか――。もしそうなら古代ブナは森のシーラカンスみたいな存在だ。

若葉が出そろう六月。わたしは伊藤氏に連絡を取り、そのブナを確かめに行った。幹回りや樹高を見る限り、特徴がある木ではない。ところが葉を他のブナと比べると、明らかに違いがわかる。

ブナの葉はろうそくの炎のような形で、外縁は丸みを帯びた凹凸型をしている。普通に見られるブナは、葉脈が凹の部分に延びる。ところが中島台にあるその葉は鋸《のこぎり》のようにギザギザしていて、葉脈は尖《とが》った凸部分に延びている。その鋸歯葉《きょしよう》にこそ大いなる神秘が潜む。

『ブナ帯文化』（思索社、一九八五年）によれば、秋田県にある第三紀（約六千万年～二百六十万年前）の地層から見つかったブナ化石は鋸歯葉で、凸の部分に葉脈を延ばしている。わたしは中島台で手にした一枚の葉に、何か途方もない物語が秘められているように感じた。それは古代ブナの生き残りなのか。九七年に調査が行われたが、近年はＤＮＡ分析により確度の高い科学的検証が可能となった。分子生態学を専門とする大学の研究者に相談すると、サンプルの木が十本ぐらい見つかるなら分析が可能という。

八月初旬、わたしは再び伊藤氏と森に入った。ところが個体数が足りず、残念ながらDNA分析はできなかった。研究者は鋸歯葉ブナはムカシブナではなく、突然変異による先祖返りのようなものだろうと推察する。

ところが伊藤氏を通じて情報収集を行ったところ、山形県側の鳥海山麓ではもっと多くの鋸歯葉ブナが確認されている。そればかりではない。鳥海山から北へ約一五〇キロメートル離れた白神山地にも存在しているらしい。鋸歯葉ブナは東北一円に棲息しているのだ。その広がり方からすれば、突然変異を起こした一本の木が広がったとは断言しづらい。森のシーラカンスを発見できる可能性はまだ残されているはずだ。

いや、これは単にブナという樹木だけの話ではない。日本の基層文化を語る際、西日本の照葉樹文化に対して、北日本はブナ帯文化に属するとされる。生活環境を構成する樹木の違いにより文化圏が区分される。ブナはいわば東北に生きる者にとって歴史、民俗、物質文化や精神世界を貫く淵源《えんげん》なのだ。もし古代ブナが見つかれば東北原初の森がどんなものかわかる。われわれを生み出した母なる大地を知るきっかけを手にすることができるのだ。

気がつけば秋から冬へ。中島台のブナも葉を落とす季節となった。不思議な木に出会い、太古のロマンを求めた一年が過ぎていく。また来年、新芽が芽吹く頃、ブナに会いに行こう。

（２０１８・11・３）

笑門

伊勢を旅し、「笑門」と書かれたしめ縄を飾る家を見かけた。「笑う門には福来たる」。これほどポジティブな新年の所信表明はあるまい――。そう感じ入ったわたしは、毎年「笑門」のしめ縄を正月飾りとして玄関先に飾るようになった。

過去にさかのぼると日本の正月飾りはバラエティーに富む。中でも秋田藩の奇習は有名だ。「江戸の春秋」（三田村鳶魚《えんぎょ》著）によれば、江戸屋敷では正月の松飾りの代わりに人飾りが行われた。元旦から七日まで、表門の敷石の上に、足軽が左右二側に三人ずつ立ち並んだ。来賓があっても会釈《えしゃく》や辞儀《じぎ》は一切しない。棒立ちのまま、身動きひとつせず、往来を見張っていたという。

そんな様子から「門松のかはり（代わり）をするも秋田者」という川柳まで詠まれた。江戸では新春の観光名所だったのだ。足軽らは半刻《とき》ごと、つまり一時間交代で任務に当たったという。まさにロンドンのバッキンガム宮殿で行われる衛兵交代そのものではないか。江戸の人々は英国に行かなくても、微動だにしない衛兵とその交代を見ることができたのである。

なぜ秋田藩は人飾りを始めたのか。「江戸の春秋」はこう説明する。一六三七（寛永一四）年、天草四郎で有名な島原の乱に出兵した秋田藩士の帰還が遅く、心配した者が門の外に立ち尽くした。元旦になってやっと「一同無事」という吉報が届いた。以後「縁起がいい」という験《げん》担ぎで始められた。ただし恒例行事にまでなった理由はそれだけではないだろう。わたしは人飾りが民衆の初笑いを誘ったからだと考えている。江戸屋敷の門は究極の「笑門」だったのではないか――。

最近は正月飾りをあまり見かけなくなった。生活が欧米化し、ホリデーリースを飾る家が多くなったこともあるだろう。植物をドーナツ型に編み、クリスマスから新年にかけて玄関先などに飾るものだ。見栄えはいいが、伝統的な日本文化が希薄になっていくのは寂しい。

ところが、小学一年生の娘が学校から持ち帰ったホリデーリースにふと考えさせられた。関心をひいたのは、小学校で自分で育てたアサガオのツルを土台に使っていた点だ。春に種まき、夏休みに水やり、秋にタネを収穫した。発表会ではその様子を劇にして演じた。それだけに、枯れたツルにも愛着がわくだろう。夏に水やりを手伝っただけのわたしにすら、生命の神秘や感動がよみがえる。枯れてしまっても、いや枯れているからこそ、かえって愛《いと》おしさがにじむ。

ホリデーリースと同じく、日本の正月飾りにも今年収穫した稲わらが使われる。どちらにも生命に対する感謝の念、さらには翌年の新しい芽吹きや豊作の祈りが込められる。

和式や洋式などスタイルの違いは関係ない。新しい年を迎える気持ちにこそ意義がある。かくして我が家の正月飾りは笑門にホリデーリースが加わった。正月飾りはいいとこ取りでミックスしてこそ、ご利益《りやく》倍増だ！

正月飾りまで和洋折衷にするなんて「能天気でめでたい限り」と誰かに叱られそうだが、正月なんだから、まあいいか。

（2018・12・29）

ロビンソン三百年

「ロビンソン漂流記」が刊行されたのは一七一九年のこと。今年はその冒険小説が誕生してから三百年という記念すべき年に当たる。わたしは二〇〇五年に南米チリのファン・フェルナンデス諸島で、ロビンソンのモデルとされる漂流者、アレクサンダー・セルカーク（一六七六～一七二一年）の住居跡を発見した。そのため自分にとっても特別な一年となる。

「ロビンソン漂流記」を初めて読んだのは小学生の頃だ。わたしは読書が苦手だった。担任の先生は「心の栄養」と言って読書を勧めたが、外で遊びたい盛りのわたしにとってじっと机に座り続けるのは苦痛でしかない。第一、本は他人の体験談でしかなく、どんなに面白くても読んだらそれで終わりだ。

だが「ロビンソン漂流記」は違っていた。わたしは小説のイメージを現実世界で膨らませ、自宅の庭に秘密基地をつくったり、草むらや川へ食料調達に出かけたりした。無人島に自分で家を建てるという冒険の話がそのまま遊びになるのだ。読むだけでなく、そこから行動が生まれる。「ロビンソン漂流記」はそんな不思議な魅力と創造性に満ちあふれる本だった。後にロビンソンの住居跡を探しに行くことになるが、それも本人からすれば突飛《とっぴ》なことではなく、子ども時代のほんの延長にすぎなかったのだ。

現代の文学においても、「ロビンソン漂流記」は異色の存在だ。確かに読者は、作者であるダニエル・デフォーが発揮する筆力によってぐいぐいと物語世界に引き込まれ、主人公のロビンソンに自分を重ね合わせて読み進める。だが冷静に内容を見つめ直すと、小説にはサバイバルを成功に導くマニュアルが随所に散りばめられている。わたしはそのマニュアルの完成度の高さこそが、この作品を世界的名作にしている本当の秘密ではないかと思った。

それを何よりリアルに感じたのは、セルカークの住居跡を求めた探検中のことだ。「ロビンソン漂流記」には無人島で生き抜くための住居に適した五つの条件が書かれている。(1)平坦《へいたん》な場所　(2)水場　(3)食料が確保できる　(4)適度な日当たり　(5)見晴らしのいい高台。この五条件を満たす場所を探し回ったところ、まさに全てが合致する場所にセルカークの住居遺跡が眠っていたのだ。その事実を前に思わず鳥肌が立った。読んだ本の内容を忠実に現場に当てはめるだけで、世界中の人を驚かせる発見ができたのだ。

刊行三百年という節目を迎えるこの本は現代のわれわれにとってどんな意味がある

のか。近年大きな自然災害が頻発し、人々の心配事になっている。何かあるたびに、避難訓練や非常用持ち出し袋の中身などが話題になる。だが精神面も含めた備えはどうか。危機に瀕する人間は何を心の頼りとして困難を乗り切ればいいか——。わたしは「ロビンソン漂流記」こそ、物心両面からの生きる力を授けてくれるマニュアルだと思う。非常用持ち出し袋にはぜひ入れておきたい。この本は命を救い、生きる力を与えてくれる。

（2019・2・23）

超おもしろい秋田

「超おもしろい合宿」。秋田公立美術大学とNPO法人アーツセンターあきたが昨年始めた公募企画の募集が、今年も始まった。全国の高校生を対象に、とにかく「おもしろい」ことを秋田でやってもらおうという事業だ。

探検家という奇特な職業をしているからか、キャンプと合宿のイメージが重なるからか、今シーズンの審査員の一人としてわたしに声がかかった。

審査員を引き受けたのには理由がある。わたし自身、学生時代に似たような公募企画に応募し、人生がおもしろくなった体験があるからだ。

大学四年に進級した一九八九年の春、わたしは南米ブラジルのアマゾン川に出かけ、船に飛び乗って両足を骨折した。運良く中流の町マナウスの日系人に救われ、約二カ月間の療養後、ようやく立てるようになって帰国した。当時、同級生らは就職活動の最中で、すでに企業から内定をいくつも獲得していた。だが日本で両足にギプスを巻いて病院通いとなったわたしは、就職活動どころではない。

そんな時、雑誌で「サントリー夢大賞」を知った。実現させたい夢を募る企画で、大賞受賞者には資金ばかりか、テレビ番組化や書籍化などの機会が与えられる。プロの探検家に憧れていたわたしにとっては登竜門となるような好機だ。

就職活動ができない代わりに時間と情熱を注ぎ、わたしはアフリカ大陸を水路で横断する企画を提出した。全国から一万一千通を超える応募があった中、最終審査の十案に残った。残念ながら大賞には選ばれなかったが、一一〇〇倍という難関を突破できたのは自分の「おもしろい」を他人や社会の「おもしろい」に変えることができたからだろう。それは自分の自信につながった。だが、それだけではない。わたしのおもしろ人生はむしろそこから始まった。

就職先が決まっていないわたしは、最終審査に残ったのをいいことにサントリーに手紙を書き、就職させてほしいと願い出た。サントリーからはすでに採用が終了している旨の返事が来た。だが担当者は、わたしの手紙を夢大賞の運営に関わっていた広告代理店の関係者に見せ、新卒社員として採用したらどうかと推薦してくれたのである。そんな縁でわたしは東京・銀座に本社（当時）を置く大手広告代理店に就職した。

おもしろいを追求すれば、人生はおもしろく花開く。夢の公募なんて、お遊びの募集企画と思われがちだが大真面目に取り組み、自らのチャンスへと変えれば人生は大きく開かれる。

秋田を舞台にどこまで遊べるか──。高校生の「超おもしろい合宿」には無限の可能性が秘められているはずだ。全国各地から熱い応募が予想されるがわたしはひそかに、秋田県内の高校生が秋田をフィールドにどこまでおもしろい合宿を計画するのか期待している。遠い世界におもしろいを見つけるのは容易だが、身近でおもしろいを見つけるのは難しい。だが、秋田をよりよく変えるようなアイディアは地元愛に満ちた地元目線から生み出されるかもしれない。住み慣れた秋田で人生のゲートウエーを切り開いてほしい。

（2019・5・4）

わからん

日本各地へ取材の旅が続いている。現地で何を食べるかも仕事の一部だ。長崎では「チャンポン」「レモンステーキ」「トルコライス」を口にした。わずか三日間の滞在では、「皿うどん」「佐世保バーガー」「角煮まん」、卓袱《しっぽく》料理の一つでもある「茶碗蒸し」までは食べられなかった。ご当地グルメが長崎にそれほどあるのは驚きだ。「長崎とはいかなる土地なのか」と好奇心が刺激される。案内に立った地元の人はこう言った。

「わからん、ってことです」

「わからん」などと、最初から白旗を挙げるのは無責任ではないか――。そう思ったがどうやらわたしの早とちりらしい。

「わからん」とは「和華蘭」つまり「和洋中」折衷のことであった。それこそが長崎文化の真髄という。確かに長崎には古くから華人が多く住み着き、近世に対英蘭交易の舞台となった平戸や出島もある。長崎は食文化に限らず、東洋と西洋の文化が交接し、日本文化に独特の影響を与えた。それを「和華蘭」と分析しつつも、「わからん」と言ってのけるあたりが長崎の奥ゆかしいところだ。

長崎の後、隠岐《おき》（島根県）へ出かけた。地元の観光案内所で手にしたご当地グルメガイドには、地元で採れる魚介類などが並ぶ。だが地元の人にオススメを聞くと「チャンポン」を強く推した。なぜ、隠岐に来てチャンポンなのか。疑念を抱きつつもわたしはラーメン店で啜《すす》ってみた。隠岐の名物料理と呼べるほど特徴があるわけではない。わたしは「その人の好み」と理解することにした。ところが次の日に会った別の人も「うまいから」と言って、空港の食堂までチャンポンを食べに連れて行ってくれた。

隠岐に来て二日連続でチャンポン！　確かに多くの隠岐の食堂ではメニューにチャンポンが見える。それは観光客向けに開発された料理とは違う、地元民のソウルフードなのだ。つまり隠岐でチャンポンを食べ歩き、「どこそこがうまかった」と地元民と語りあってこそ、他とはひと味違ういい取材ができる。

それにしてもなぜ隠岐にチャンポンが定着したのだろうか。味の決め手は魚介類から取れる出汁《だし》である。長崎同様、隠岐も豊富な海産物によって極うまチャンポンが生まれ、愛される素地は似ている。

だが、それだけではないだろう。チャンポンは、言うまでもなく「さまざまなものを混ぜこぜにしたもの」という意味だ。

考えてみれば「和華蘭」と言われる長崎文化は、異国習俗が混ざったチャンポン文化圏である。隠岐も海上交通の要衝に位置し、大陸や日本各地から多様な文化を吸収して歴史を刻んできた。それらは隠岐古典相撲や闘牛、隠岐民謡など島独特の文化を生んだ。まさに日本海のチャンポン文化圏なのだ。

なぜ長崎の郷土食チャンポンが隠岐のソウルフードなのか。豊富な魚介類の産地というばかりか、さまざまな文化的要素を混ぜこぜにし、新しい価値を生み出す土地柄を象徴しているようだ。長崎や隠岐などチャンポン文化圏への旅は、わからんからこそ、ますますおもしろい。

（2019・6・29）

虻蜂取らず

ことわざには昔の人の知恵や教訓が含まれている。時代を経ても「なるほど」と思わされるものは多い。だが違和感を覚えることもある。「虻蜂《あぶはち》取らず」はその一つ。同時に二つのものを退治しようとすれば、失敗するという戒めだ。「二兎《にと》を追う者は一兎をも得ず」と同じだが、虻や蜂を取りたいとは思えないためかことわざとしてはピンと来ない。

毎年数回出かける太平山の中岳山頂には虻が多い。今年七月に出かけた時も、地面の石に腰かけて休憩し始めたわたしに向かって、虻が次々と飛来してきた。体の各所にじわっとした痛みを覚え、かじられた箇所は大きく腫れ上がった。彼らは長袖シャツの上からでもかじってくる。わたしは虻退治どころではなく、早々に山頂を後にした。

一方、蜂は町中の生活圏にまで侵入してくる。同じ七月、自宅の玄関付近にアシナガバチが巣を作った。シャワーヘッド型をした巣は二階窓付近の高い場所にあり、気付いた時には直径一〇センチほどにまで大きくなっていた。五、六匹の成虫がひっきりなしに飛来し、幼虫の世話をしている。黄と黒にくっきりと塗り分けられたような体の色は、それだけで恐怖心をあおる。わたしはすぐに業者に依頼して駆除してもらった。

だが十日もたたないうちに、彼らは再び玄関の上に巣を作り始めた。今度は捕虫網が届く高さだ。わたしは長袖、長ズボンを身につけ、頭部と顔をタオルや帽子、サングラスで覆って完全防備の態勢をとった。そしてジェット式の殺虫剤を使って駆除に出かけた。たかが蜂の巣一つ取るのに、入念な準備と緊張感が強いられる。わたしは冷静に蜂を駆逐し、無事に蜂の巣を撤去した。

虻にかまれ、蜂と対峙《たいじ》した今夏の体験を振り返ってみても、片方だけでも気乗りしないのに両方退治しようなどとは考えも及ばない。正直なところ近づくことさえ御免被りたい。だが「虻蜂取らず」には、両方を退治しようという奇妙なポジティブさがにじむ。一体、昔の人はどんな背景でそんな格言を生み出したのか。

わたしは取材で立ち寄った長野県の道の駅で、蜂の子の甘露煮を見かけた。意外にもそれは高級食材並みの高価で売られている。蜂蜜やロイヤルゼリー、プロポリスといった蜂産品に注目が集まる現代、栄養を豊富に含む蜂の子にも需要が高まっているのだろう。だが元をたどればそれは、山中で暮らす地元の人たちが守り伝えてきた郷土食だ。彼らにとって蜂退治は生活の一部であり、毒針で刺される危険を冒しても十分な見返りが期待できるものなのだ。そのような食文化を前提とするなら、ことわざの意味も変わってこよう。

とはいえ、それは虻と蜂の両方を退治しようとして失敗する人の話だ。蜂同様、虻を食用などのために退治する文化が日本にあったかはわからない。だが「虻蜂取らず」ということわざの存在に、知られざる昔の人の風習が暗示されているのかもしれない。

（2019・8・24）

姨捨山へ

長野県の地図に思わぬ地名を見つけた。長野市の南西に位置する千曲市の「姨捨《おばすて》」だ。地図を調べると姨捨駅があるばかりか、高速道路のサービスエリアも姨捨、果ては姨捨観光会館まである。

千曲川流域の更級《さらしな》にある姨捨は古来、月見の名所として知られ、紀貫之《きのつらゆき》、小野小《おののこ》町《まち》、松尾芭蕉《ばしょう》などが和歌に詠んできた。地元の人はそれを観光の目玉にしているが、わたしは恐ろし気な地名の方が気になる。

姨捨の由来は諸説ある中で、年老いた母を山地へ捨てに行く説話とされる。一般に知られる昔話「姥捨山《うばすて》」と似ているが、更級の話には産みの母である姥ではなく、育ての母の姨が登場する。

昔話「姥捨山」は捨てられに行く老母が道々、木の枝を折って地面に落としていく。息子が「どうしてそんなことをするのか」と尋ねると母は「おまえが帰り道に迷わないため」と答える。それが息子の心の琴線に触れ、老母を連れ帰るという話だ。捨てられた母が持てる知恵で難題を解き、一国の危機を救うという異伝もある。母の無償の愛や経験の深さなど、老人に対するリスペクトが主題だ。

ところが更級の話が記された「大和物語」では、息子が月を見て感傷に浸り姨を連れ戻す。月の名所であればこそだが、文学的にうまくまとめられすぎている。もっと直接的なきっかけがあったのではないか。

「大日本地名事典」などによると、「姨捨山」の舞台は冠着山《かむりき》(標高一二五二メートル)らしい。現場を歩けばヒントが見つかるかも知れない。わたしは怖いもの見たさも手伝い、出かけることにした。

冠着山の山頂までは車道が通らず、車で行けるのは中腹の坊城平いこいの森までだ。へアピンカーブの舗装道はやがて細く、足場の悪い林道に変わった。途中、他の車に一台も出合うこともないまま、物悲しい静寂さの中へと進んでいく。

わたしはいこいの森で車を降り、登山道に取りついた。山頂まで徒歩で三十分ほどらしいが、急坂を一気に駆け上がる勾配に息が弾んだ。「もし老人がこの山中に置き去りにされたら、戻れないかも知れない」と物語のリアリティが胸に迫る。

やがてスカイライン上に神社の鳥居が見え、山頂に着いた。そこでわたしは思いがけぬ光景を目にした。蛇行する千曲川とその流域に広がる更級の田園地帯だ。一面を埋め尽くす稲穂が黄金色に輝いていた。陰鬱な山中を歩いてきたわたしにとって、目に飛び込んできた美景はどんでん返しのドラマの一場面そのものだった。

追い討ちをかけるように山頂には高浜虚子《きょし》（一八七四〜一九五九年）の句碑も立っている。

更級や姨捨山の月ぞこれ

この絶景に月明かりが差し込めば、神が降臨したと見紛うことだろう。姨を捨てにきた男は邪《よこしま》な考えを一掃したはずだ。

管見では冠着山に老婆が捨てられた史実はない。だが、登ることで姨捨山伝説の真髄に触れられる。まさに「日本昔話のふるさと」と呼べる山だ。

台風一九号で被災した千曲川流域に美景が戻るよう祈っている。

（2019・10・19）

日本のロビンソン

『ロビンソン漂流記』（デフォー著）が英国で一七一九年に発刊され今年で三百年。実在したロビンソンの住居跡を二〇〇五年に南米チリで発見したわたしにとっても記念すべき年だ。秋田、東京、高知など国内で講演会をいくつか行った後、十一月にニューヨークへ出かけた。

日本人にとって『ロビンソン漂流記』は欧米文学であり、わたしの探検も異国体験である。日本では珍しい話でも、米国人からすれば自分たちの文化圏の話となる。日本から行くわたしは何を語ればいいのか――。

あれこれ考えた末、日本の漂流者をテーマに選んだ。一七八五（天明五）年に江戸から約五八〇キロ南に離れた絶海の無人島、伊豆鳥島に流された船乗りがいた。土佐国岸本浦（現在の高知県香南市）生まれの野村長平（一七六二？～一八二一年）だ。

伊豆鳥島は周囲約八・五キロの活火山島で、湧水や地下水がなく雨水以外は口にできない。大きな木は育たず低木や草がわずかに生えるのみだ。食料となる渡り鳥のアホウドリがいなくなる一年の半分は、断崖絶壁を命がけで降り岩浜で海藻や貝などを取るしかない。長平はこの劣悪な環境で十二年も生き延びた。その間仲間が相次いで死亡し、一年四カ月間を孤独のまま生き延びたことから「日本のロビンソン・クルーソー」とも呼ばれる。彼は新たな漂流者と出会うと、七年がかりで流木を集め、錨《いかり》で作った金槌《かなづち》や釘を用い船を完成させた。そんな驚異的な行動力と忍耐力で生還に成功したのだ。

残念なことに長平を知る人は日本では少ない。ましてや外国人に無名の漂流者を知らしめようとするなら好奇心を刺激する工夫が必要だ。わたしは長平がアホウドリを食料にしただけでなく、羽毛で着物を作った点に注目した。彼はそれを「羽衣」と呼んで身につけ、雨風をしのいだ。彼にとって着物は命を救う究極のアウトドアウエアだったのだ。

いまや着物を知らない米国人はいない。だが民族衣装やファッションと思うだけで、アウトドアウエアという認識はないはずだ。「着物でサバイバルをした」と言えば興味を引くに違いない。あとはそれをどう象徴的かつ印象深く伝えるか——。

そこでアウトドアウエアの素材で着物を作るアイディアを思いついた。幸いにも米国最大手メーカーであるポーラーテックからフリース生地や、防水性と通気性を兼ね備えた最先端素材ネオシェルを提供された。わたしは呉服屋で仕立てた羽織と着物を

アウトドアウェア素材製の「着物」

身にまとい、マンハッタンで講演した。聴衆は口々に「チョウヘイ」の名を連呼し、時間ギリギリまで熱心に質問を続けた。

日本のアイコンである着物が導火線となり、米国人は日本にもロビンソン・クルーソーがいたことを発見した。『ロビンソン漂流記』の世界的広がりや普遍性を示すことで、その古典を再評価しようという気運を生み出せたことがわたしには嬉《うれ》しいことだった。

また、埋もれた日本の漂流者を掘り起こして外国に発信したことで今後それが逆輸入され、日本でも再評価されるようになるなら、これ以上の喜びはない。

（2019・12・14）

インフルエンサー

職業について学ぶ授業の講師として小学校に招かれることになった。わたしは探検家になって今年で十七年にもなるが、子どもたちの未来に役立つ話をせよと言われると責任重大である。「十三歳のハローワーク」（幻冬社）には探検家が職業の一つとして挙げられる。現実の探検家は漫画やSF映画に活写されるようなヒロイックな存在ではない。ここ数年わたしは北アルプスの剱岳《つるぎだけ》に通い、平安期頃の古道を探そうと奮闘してきた。度重なる集中豪雨や台風に翻弄《ほんろう》され、道なき山林をさまよう自分は難行苦行を繰り返す山伏同然かと途方に暮れるばかりだ。

一般に敬遠される職業の特徴として6K（きつい、汚い、危険、帰れない、厳しい、給料が安い）がある。探検家には困難、煙たがられるといった2Kが加わり、現代の八大地獄とも思《おぼ》しき8Kが立ちはだかる。

そんなわたしが教壇に立って何ができよう。思案していた時、スーパーの玩具売り場で人生ゲームを見かけた。昔に流行った盤上ゲームでコマを進めながら億万長者をめざすものだ。ところが最新版はちょっと勝手が違う。「人生ゲームプラス令和版」

のパッケージには思わぬ言葉が躍っていた。

「目指せ　TOP　OF　インフルエンサー」「人生の価値はお金だけではない」

昭和のバブル期を生きてきたわたしにとって成功者とは一流会社で役職者の肩書を持つ高額所得者である。だが時代は変わった。今や成功のバロメータはお金や名刺ばかりではない。むしろ世間に影響を与えるインフルエンサーこそが人生ゲームの成功者というわけだ。

少し勇気が湧いてきた。何せ探検家は元祖インフルエンサーだ。コロンブスをみよ。彼がアメリカ大陸を発見した影響は計り知れない。ダーウィンも探検航海から進化論という成果を生み出し世界を一変させた。

別に大統領や首相、大企業CEOのような権力者や大富豪にならなくてもいい。探検家は一個人のアイディアと勇気と行動によって、時に歴史上の偉人と並ぶ、いや、凌《りょう》駕《が》するほどの大仕事をやってのける。わたしが探検家に憧れるのはそのダイナミズムにこそあるのだ。

わたしは探検家としてもインフルエンサーとしてもいまだ途上にあるが、探検家という特異な存在が子どもたちに新しい時代を切り開くヒントや気づきを与えると考えた。だが厳しい現実と隣り合わせの職業を子どもたちは受け止めてくれるか——。

授業を終え、たくさんの質問が寄せられた。その多くが困難や危険に関することだ。それらを聞きたがる小学生にわたしは嬉しくなった。

探検家に限らず自分のやりたいことを職業にしようとする者にとり障壁はつきものだ。だが乗り越えるたび、求める世界は間違いなく開けてくる。わが苦闘に対して子どもが示した強い関心は真剣に成功を模索しようという何よりの証しなのだ。

授業を通してわたしも胸に誓った。新たな困難さえ、また超えていこう、と。

（2020・2・15）

人生最悪の失敗

これまでの人生でわたしが犯した最悪の失敗は、南米アマゾンでの両足骨折だ。人間を襲うピューマやアナコンダなど、危険動物が棲息する熱帯雨林でのケガは絶体絶命そのものだ。

当時、大学生のわたしは見知らぬアマゾン川上流をめざし船に乗った。まずは河口の町ベレンから一五〇〇キロ遡った中流の町マナウスへ。乗客は船内にハンモックを吊るし、七日間ほど寝泊りしながら過ごす。

船は港に着くたび荷の積み下ろし作業を繰り返した。何時間も停泊することが多く、船内にじっとしているとストレスがたまる。旅を続けて五日目、わたしは停泊した港に降りた。町を歩き回るうちボーッと大きな音が鳴り響いた。出発を告げる船の霧笛だ。急いで港に戻ったが船はすでに出発しかかっている。やばい！　わたしは船に飛び乗った。硬い甲板に両足を激しく打ちつけ、立ち上がれなくなってしまった。

そんなわたしに老人が近寄ってきた。治療の腕に自信があるという。わたしは藁をもつかむ思いで老人に両足を差し出した。すると老人はクルミをつぶす万力のようにわたしの足を両手で挟み、硬い握りこぶしで患部をゴリゴリとしごいた。

「ちょっと、待った！」

悲鳴をあげるわたしのことなどお構いなしだ。マッサージを終えた老人は、暖かいお湯にタオルを浸しわたしの足を温湿布した。老人が去ってしばらくすると筋骨隆々の若い男がやってきた。

「冷やさなきゃダメだろ」

ジムでインストラクターをしているという男はわたしに冷湿布を勧めた。処置をお願いすると彼はプロレスラーのような太い腕でわたしを押さえ込み、患部に強烈な指圧をほどこした。

「やめて！」

わたしが涙目で訴えると男は両腕に大きな力こぶを作ってみせ、わたしを叱った。

「君は男だろう」

わたしは気絶寸前のところでどうにか耐えた。インストラクターは指圧を終え、冷水に浸したタオルでわたしの足を冷湿布して帰っていった。

そのように二日間を過ごしマナウスに到着したわたしは、医者から「両足骨折。全治八カ月」と診断された。途方にくれるわたしに医者が思いがけないことを口にした。

「両足骨折でラッキーでしたね。船に乗れずアマゾン川に落ちていたら、ピラニアに食い殺されていたはずですよ」

確かにピラニアに食われるより両足骨折の方がましだ。以後、わたしは両足骨折の失敗を「超ラッキー」と思うことにした。船に飛び乗らなければ、自分はこの幸運を味わうことができなかったのだ。

過ぎ去ってみれば手痛い失敗ほど印象深く、教訓に満ちている。人生を豊かに彩るのは成功より失敗の方だ。失敗がない人生は何と無味乾燥なものか。一時的に落ちこむことがあっても、失敗こそが人生に輝きをもたらす原石なのだ。磨《みが》けばそれは唯一無二の光を放つ。もちろん骨折中のマッサージはもうお断りだが……。

（2020・4・4）

口裂け女のマスク

連日マスク、マスク、マスク。こんなにマスクのことが気になるのは、一九七九年以来のことだ。当時中学一年生だったわたしは、マスク姿の人を見るたびに「口裂け女か⁉」と恐怖を覚えた。

『日本現代怪異事典』（笠間書院刊、二〇一八年）によると、口裂け女は夕暮れ時の薄暗い道で出会う若い女性で、赤いコートを着て顔の半分を大きな白いマスクで覆っている。女は通りすがりの者に「わたしきれい？」と尋ねる。「きれい」と答えると女はマスクを外し、耳元まで裂けた口を見せ「これでも？」とたたみかける。慌てて逃げようとしても、もう遅い――。

元々、口が裂けた女妖怪は江戸時代から存在していた。一方、昭和の都市伝説は一九七八年十二月に岐阜県で突如発生し、口コミで北海道から沖縄まで広まった。なぜ口裂け女は日本全土を震撼《しんかん》させたのか。

わたしは七九年三月公開のホラー映画「ゾンビ」に着目した。ゾンビは墓場から蘇った死体の悪魔だ。そのポスターの赤い背景には「ひとり歩きは危険です」というキャッチコピーが躍っていた。口裂け女と時期やイメージが重なるゾンビの影響は大きい。

だが、ゾンビだけで口裂け女の恐怖は説明できない。謎はむしろ深まるばかりだ。もしかしたら妖怪とは無縁のマスクにヒントがあるのかもしれない。口裂け女が「顔の半分をマスクで覆っていた」という話から、そのマスクはガーゼタイプの平面型ではなく、口元を広く覆う立体型だったと考えられる。

日本衛生材料工業連合会のホームページによれば、マスクは明治時代に誕生し、時代とともに改良が加えられてきた。口とマスクの間に空間ができるプリーツ型は息苦しさを抑え、長時間の使用を可能にした。素材に不織布が採用されたことで安価で使い捨て可能な製品が誕生し、マスクはより身近な存在になった。

現在われわれが使用しているプリーツ型不織布マスクが完成したのは七三年のこと。口裂け女が登場する五年前だ。当時そのマスクは医療機関で使われることが多く、顔の整形手術に失敗したとされる口裂け女に関する証言とも合致する。時系列的にみて口裂け女はプリーツ型不織布マスクをつけていたのではないか？　新式で身近なマスクが妖怪をリアルに感じさせ、世間を震撼させた。それはまた人々の心にマスクの存在感を強烈に植え付けた。

コロナ禍で世界中の人がマスクをする時代となった。マスクに根強い抵抗感を示す欧米人に比べ、日本人はすんなりと受容した。日本人にとってマスクは、医療用品の枠を超えた特別な存在に思える。

考えてみれば口裂け女のマスクも単なる医療用品ではなかった。口裂け女のマスクは美と醜、現実と非現実、恐怖と平穏などを分かつ呪術道具なのだ。

マスクをすればいかなる危険も回避できる――。コロナ禍に立ち向かうわれわれはマスクを呪術道具として身につけ危険と安全を一枚のマスクでコントロールしたいと願っているのかもしれない。

（2020・5・30）

モバイル扇風機

モバイル扇風機を持つ人をよく見掛けるようになった。「手のひらサイズの扇風機なんておもちゃにすぎない」と思っていたが、小型軽量ながら風力や電池の持ちは想像以上に優秀だ。真夏日の野外でも、一時の暑さしのぎに十分な威力を発揮しそうだ。

だが、どこか無味乾燥な印象がある。第一、団扇《うちわ》や扇子で感じる夏の涼といった風情がないではないか——。

海外へ出掛けると不思議に感じることがある。日本より気温が高く、蒸し暑い国はあるが、どこに行っても団扇や扇子であおいでいる人を見掛けない。

アラビアのオマーンやイエメンを旅した時、外がどんなに暑くても、日干しレンガ造りの建物に入ると別世界のようにひんやりとしていた。現地の人が着ているローブは見た目は暑そうだが、長衣の内側は日陰にいるかの心地よさだ。空気が乾燥した砂漠気候の土地では日陰に入り、日光や熱波を防ぐだけで暑さを軽減できる。団扇であおいでも熱風を起こすだけだ。

台湾の離島、蘭嶼《らんしょ》に出掛けた時は高温多湿で息苦しいほどだった。島の人は涼台と呼ばれる高床式のやぐらで涼んでいた。海風が足元を通り抜け、暑さを忘れるほど快適だ。ジメジメとした土地では川や海の岸辺など水場に行くとむしろ涼が取れる。顔の周辺をあおぐより、風通しの良い場所に移動した方が快適なのだ。

それぞれの国で暑さをしのぐ工夫は建物や衣服などに見られるが、団扇や扇子のような道具を携帯しあおぐ文化は見掛けない。それらはなぜ日本で使われるようになったのか。

団扇は古代エジプトの壁画に見え、古墳時代ごろに中国大陸から日本に伝わったとされる。その原型は貴人が顔を隠す翳《さしば》だ。羽毛や絹布を団扇形に張って長柄をつけたものだ。団扇は王侯が威儀を示し、神事などでも使われる道具だったのだ。相撲の軍配もそこから派生した。

一方、扇子は平安時代ごろに日本で誕生した。墨で文字を書く木簡を束ねたメモ帳のようなものを元に、宮中で貴人の顔を隠す檜扇《ひおうぎ》が作られた。日本舞踊や茶道など、日本文化に深く根差した扇子をさかのぼると、平安時代の宮中に行き着く。

元々、団扇や扇子は涼を取るための道具ではなかった。四季がはっきりしている日本では、伝統的に寒さと暑さの両方をしのぐ家屋を建てることは難しい。すだれを掛けたり、打ち水をするだけでは十分ではなかった。そこで人々は顔を隠す道具であった翳や檜扇を改良し、顔をあおいで涼んだのだろう。

モバイル扇風機をよく観察すると、単に扇風機を小型軽量化したものではないことが分かる。それはちょうど顔に風を送るためのサイズであり、風量もちょうどいい具合になるよう設計されている。翳や檜扇など顔を隠すための道具で涼を取った日本古来の風習から生み出されたものだろう。

モバイル扇風機を無味乾燥と思ったのは、私の早とちりだった。伝統的な団扇、扇子を継ぐ、これこそ新しい日本の夏の風情なのだ。

(2020・7・25)

日本を変える旅へ

最近、マイクロツーリズムという言葉を耳にするようになった。コロナ禍をきっかけに海外や遠方への旅行がしにくくなる中、感染症対策を取り、不安要素が少ないなら自宅から一、二時間圏内の地元旅に出てみようという呼び掛けだ。

言葉の響きから真新しい旅のスタイルと思われるが、マイクロツーリズムは今に始まったものではない。飛行機や新幹線などが普及する以前の日本人にとって、いわば「近場」こそ旅の目的地だった。

マイクロツーリズムはコロナ禍における単なる急場しのぎにすぎないのか。いや、近隣のツアー客がリピーターとなって経済を下支えするものと期待される点においいて、今後の主要な旅の在り方となりそうだ。だが現実問題として、われわれは地元の観光地に足しげく通うような魅力を見つけ出せるだろうか。

昨年、長野県白馬村を訪れた。白馬村は長野オリンピックが開催されたスキーの聖地として知られるばかりか、日本最大級の山小屋を擁する白馬岳は夏も登山客でにぎわう。現地の山岳ガイドは全国各地、さらにはインバウンドの観光客を相手に活躍する。そんなガイドのうち若手らが歴史の勉強会を開催すると知り、参加してみることにした。自分たちの視野を広めるため、九十歳になる郷土史家を講師に招き、村内の史跡を巡るというものだ。

だが石仏や寺社はどれも古めかしく、既に山中に埋もれつつあるものもあった。過疎化と高齢化によって人口減少が急激に進み、昔の痕跡は今まさに忘れ去られようとしている。そのような廃虚を若い人たちはどう感じるのか。地元に対する視野が広がるどころか、かえって希望を失うのではないか。次第に表情がさえなくなる彼らを前に、私は複雑な思いを抱いた。

ところが、古老が口にする一言がその場の雰囲気を変えた。

「『誰も来ない山ん中に、なんで寺が建ったんだろう……』って思うかもしれない。その考え方を今から変えてください。寺が建ったのはここが紛れもない中心地だったからです」

白馬村はかつて「塩の道」とも呼ばれた千国街道沿いにあり、人の往来が絶えなかった。それらの名残である遺跡が新たな好奇心を生む。

目に見えるものだけが観光ではない。誰も訪れなくなった廃寺ですら、地域を雄弁に語り、未来を開く観光資源になる——。今思えばその時のそんな気づきこそ、マイクロツーリズムを楽しむ鍵ではないか。物語を持たない土地はない。地元の人が忘れてしまったそれらを掘り起こすことで、見慣れた地元の風景が新しくよみがえる。

地元民が地元を旅するマイクロツーリズムは、単なる旅行の一形態にとどまらないだろう。それは自分たちが暮らす地域をより深く知ろうという強い意識を生み出すはずだ。物事を「メジャー」と「マイナー」で色付けしてきた中央一極集中型の価値観を突き崩し、多様で新しい社会を築くきっかけとなるに違いない。マイクロツーリズムが発展する地域の未来は明るい。

（2020・9・19）

困難をチャンスに

コロナ禍の夏、東京にある世田谷文学館の依頼でオンライン講演会を行った。「おうちで世界探検」をコンセプトに、参加者が自宅に居ながらにして世界各地を旅する気分を味わえるようにしたいという。主催者の要望から、グーグルアースを使って行うことにした。

グーグルアースは、世界の秘境から身近な住宅地までをカバーするインターネット上のバーチャル地球儀だ。現場に行かずして世界の様子を見ることができる。「探検は現場に出かけること」。それに固執するわたしだったが、活用次第では、身動きが取りづらい今こそ活路を見出せるかもしれないと思った。

今年、対面取材が頓挫してしまったプロジェクトのひとつに湯沢市雄勝地域の小野小町追跡がある。もはや掘り尽くされたかに思える小町伝説だが、踏み込んでみると不明なことはまだある。

十三歳にして京都に上った小町が故郷に戻ってきたのは三十六歳の時とされる。疱《ほう》瘡《そう》と呼ばれる伝染病を患っていた彼女は、治癒を願って同地域にある磯前《いそざき》神社の境内から湧き出す清水で顔を洗ったという。

その小町泉（小町姿見の池とも）の正確な位置が曖昧になってしまった。一九六四年の東京オリンピックに合わせて国道一三号の舗装が行われた際、磯前神社付近も整備され地中に埋もれてしまったらしい。

小町泉は彼女の美の象徴的存在である。いや、そればかりか疱瘡治癒を願い顔を洗ったとされる水は、コロナ禍と闘うわれわれにとっても清浄さを象徴する聖水であるかもしれない。泉があった場所を特定し、その水源を見つけたい。だが磯前神社は雄物川と高松川、その支流である寺田川に挟まれた場所に位置し、泉の水源を特定しづらい。

わたしは郷土史家の簗瀬均さんに相談した。彼は古い写真をもとに心当たりがある古老を訪ね歩き、泉の場所を特定してくれた。それは磯前神社の前を通る公道付近にあったという。

わたしはグーグルアースを起動させ、彼から送られてきた情報をもとに現地の状況を確認した。神社周囲には田園が広がり、社殿はこんもりとした木の茂みにおおわれている。背後には寺田川が流れているが、小町泉があったとされる公道は川とは反対側に当たる。画像をクローズアップすると、思いがけないものが目に飛び込んできた。

小町泉付近の公道には農業用水路が延び、寺田川に注いでいる。そこに地下水脈があるのかもしれない。

簗瀬さんによれば付近の旧家には寺田川の水源から引いた井戸があり、今も美味《おい》しい水が飲めるらしい。小町の泉も寺田川の水源と関係がありそうだ。

人と対面することが憚《はばか》られた時期ではあったが、地元の人の協力とグーグルアースの活用により、失われた小町泉の場所を推定し、水源を探る手がかりを掴むことができた。

現場に行かなければ探検にならない。だがインターネットでも精度の高い現場観察が可能な時代となった。自粛続きの一年だからこそ、その価値に気づき探検スタイルの幅を広げるきっかけにもなった。まさに窮すれば通じる。困難は自分の因習を打ち破るチャンスなのだ。

（２０２０・11・14）

とんち力

今日一月九日は一休さんとして知られる室町時代の僧侶・一休宗純（一三九四～一四八一年）にちなみ「とんちの日」とされる。とんちはクイズやなぞなぞと違い、その場に応じて即座に出る知恵や機知をいう。「このはし渡るべからず」と書かれた立て札を見た彼が機転を利かせ、橋の中央を堂々と渡った話は有名だ。

一休がとんちの人として親しまれるようになるのは「一休咄《ばなし》」などが書かれた江戸初期頃からだ。だがそのほとんどは民間説話や伝説をもとにしたもので、実際に彼がとんちの名人だったわけではない。

臨済宗の禅僧だった一休は風狂の人と言われる。後小松天皇（一三七七～一四三三年）の子と噂《うわさ》されながらも栄誉を嫌ったほか、自殺を図ったこともあり、飲酒、肉食、女犯や男色にふけるなど僧侶としての戒律を犯し自由奔放な生涯を送った。

彼は著書「狂雲集」に次のようなことを書いている。

「毎朝、声高く叫んで忙しく走り回り、敵を迎え撃つには四方八方に気配りを怠るな。瞑想や座禅などして毎日を過ごす事を止めよ。なすべきことは、拘束されずに自由にふるまうこと、これが大事だ」（松本市壽著「ヘタな人生論より一休のことば」より）

四方八方の敵とあるように、時まさに乱世。応仁の乱（一四六七～七七年）に象徴される戦乱が続き、追い討ちをかけるかのように干ばつや冷夏、台風などの異常気象、飢饉や疫病が人々に襲いかかった。そのような非常時にあって、寺に籠り瞑想や座禅を繰り返すばかりでいいのか——。彼は社会に飛び出し、行動で示す「動」の禅の実践者として生きた。

ではなぜとんちの人として人々の記憶に残っていくのか。彼は禅僧の存在意義について、次のようなことを書いている。

「この世は本来のまま清浄だというが、目の前の世界は冥土のその先までお先真っ暗ではないか。幾多の労苦をくぐり抜け、問答に長けた禅僧こそ真価を表す」（同前）

一休にとって激動の時代に生きることは、生涯をかけて挑む問答そのものだった。

彼は僧侶の制約に縛られることなく自由に生きるという答えを出した。

当然、彼は戒を犯す者として罰せられ、嫌われてもおかしくなかった。だが多くの人が彼を慕った。逆境の中で逞《たくま》しく生きる姿に惹かれたのだろう。それは過酷な時代に浴びせる強烈なカウンターパンチであり、何より僧侶の禁を犯した罪を人々からの崇拝に変えてしまう、とんちが効いたものだった。

一休の時代は現代と似ている。コロナの恐怖にたえず怯《おび》えながら、疲弊しつつある社会の中で自力でも他力でも生きづらい非常な時代だ。

だが、常識が崩壊しつつある今だからこそ、手にできる幸福もあるはずだ。これまで立ち塞《ふさ》がっていた壁が消え、自分らしく生きられるチャンスが広がっているかもしれない。とんちは不安を希望に変える。厳しい状況を逆転させる「とんち力」こそ、コロナ時代を生き抜くスキルに違いない。今こそ、一休宗純の生き方に学びたい。

（2021・1・9）

日本のママさん文化

今年の冬は雪かきばかりしているように思う。一日のうち朝昼の二度では足りず、暗くなった夕方に三度目という日もあった。雪の重みに耐え切れず道具のいくつかは壊れてしまった。

その中で頑丈さを保ち、活躍し続けているものがある。スノーダンプだ。素材や形状、サイズなどの違いはあるが、大型のスコップにパイプの持ち手がついた雪の運搬具を指す。

わたしが愛用しているのは小型でプラスチック製の「ママさんダンプ」と呼ばれる商品だ。店先にはもっと大きくて頑丈な金属製の商品も並んでいたが、サイズ感や軽さなどからこれを選んだ。実際に使ってみると、雪捨て場にしている狭い排水溝での機動性は申し分なく、解けかけて重くなった雪もスムーズに運ぶことができた。小型、軽量のものを選び正解だったと納得した。

それにしてもなぜ「ママさん」なのか。店で見かけた当初は「ママ専用か……」と思わず買うのをためらってしまった。だが「ママさんバレー」や「ママさんコーラス」のような言葉に親しみを感じるように、ママさんダンプにも不思議と愛着が湧《わ》くようになった。

インターネットで検索してみたところ、「ママさんダンプ」の誕生背景には、開発された昭和三十年代に顕著だった農閑期の出稼ぎがあったようだ。留守を任された女性が除雪の苦労を軽減できるようにと、小さくて軽い商品が開発されたらしい。ママさんというほのぼのとした商品名の裏には、雪と格闘してきた女性の歴史が刻まれていたのだ。

普段何げなく使っているものの中に、「ママ」という言葉がつくものが他にもある。「ママチャリ」もひとつだろう。その語源には諸説あるが「ママのチャリンコ(自転車)」という意味で、婦人用ミニサイクルにつけられた愛称というのが有力のようだ。

ママチャリの特徴は大きな前カゴと後部の荷台、両足で立つスタンドが挙げられる。

それまでにもハンドルを高めにして、上体を起こした姿勢で走るシティサイクルは存在した。ママチャリはそれにカゴや荷台、両足スタンドなどを標準装備し、重い荷物を運べる仕様になった。近所の商店に日々出かける主婦のニーズから生み出された自転車だったのだ。主婦と同じように重い荷物を持ち運ぶ学生らが通学で利用し始め、現在ではメジャーな存在となった。

最近では、標準型のママチャリに前乗せ式や後ろ乗せ式のチャイルドシートを装着した育児用ママチャリも登場した。そんなママチャリには、家事や育児に奮闘してきた女性の姿が映し出される。

もちろん、「ママ」という言葉がつくからと言って、女性だけの道具とは限らない。かく言うわたしも、育児中はよくわが子と一緒にママチャリで近くのスーパーへ行き、買い込んだ日用品や食料品とわが子を乗せて自宅に戻ってきた。

海外では、ママさんダンプやママチャリのような存在は珍しい。普段あまり意識しないが、育児や、今冬の雪かきを支えてくれた日本のママさん文化の恩恵に感謝したい。

（2021・2・27）

コロンブスの卵

座右の銘は何かと聞かれれば「コロンブスの卵」と答える。アメリカ大陸を発見したクリストファー・コロンブス（一四五一～一五〇六年）は新大陸発見について「他の人でもできただろう」という中傷を受け、「テーブルの上に卵を立ててみよ」と言った。誰もできないことを確かめると、彼は卵の底をつぶして立て、最初に思いつき実行に移すことの難しさや意義を説いたとされる。

未知の世界を探検したコロンブスに憧れるわたしは、いつも自分の探検を前にして何がコロンブスの卵かを考える。人真似《まね》ではなく、誰も行っていないことへのチャレンジか、どうか——。そこに自分のやりがいを見つけ出そうとする。

この格言は常識を打ち破ることの難しさも教える。テーブルの上に卵を立てられるはずがないと思い込む頭から、卵を立てるアイディアを捻《ひね》り出せるはずはない。常識の多くは固定観念だ。自分の実体験や思考を経ることなく漫然と受容している先入観なのだ。疑問を投げかけてみればきっと違和感を覚える箇所がある。常識の壁を打ち破る突破口は、そこに潜むだろう。

最初にこの格言を知った時、コロンブスの業績を伝える鮮やかなエピソードだと感心した。ところが反芻《はんすう》するうち、卵が突然登場してくることに不自然さを感じた。コロンブスと卵にはどんな関係があったのか――。

調べてみると卵を立てたのはコロンブスではなく、中世イタリアの建築家フィリッポ・ブルネレスキ（一三七七～一四四六年）だったようだ。フィレンツェにあるサンタ・マリア・デル・フィオーレ大聖堂のドーム建築を完成させるなど、ルネサンス初期の業績により歴史にその名が刻まれた。彼は平らな大理石の上に卵を立て、図面を見た後なら誰でもドームを建築できると言ったとされる。ドーム建築は大理石の板に卵を立てること同様、未知数で困難な事業だったのだ。何よりドームは卵に形がよく似ている。卵を立てて見せる必然性も伝わり、納得がいく。

卵との関係が曖昧な「コロンブスの卵」は、この「ブルネレスキの卵」の逸話から派生した伝説なのだと思った。だがブルネレスキの卵の逸話も史実かどうか曖昧な部分があるという。真実を知ろうとすれば探究は果てしなく続いていく。

いずれにせよ中世ヨーロッパでは、立てられないはずの卵を立てるような試みが賞賛され、その流れがルネサンスや大航海時代を生み出した。新時代を拓《ひら》いた偉業が卵のエピソードとともに語り伝えられたのだ。そんな背景を知れば知るほど「コロンブ

ス の 卵」は座右の銘としての深みを増す。

今後、わたしが取り組むべきコロンブスの卵は何か？　世界の果てに行くことだけが探検ではない。むしろ路地裏でコロンブスの卵を見つけ出すことの方が難しい。だが、日常のあらゆる場所にコロンブスの卵は潜んでいる。職場や学校、家事や子育てにも、誰も考えつかなかった試みや方法は無数にある。それを見つければ、社会を変える新たなルネサンスを起こせるはずだ。コロンブスの卵は未来を拓く。

（2021・4・17）

蟻との闘い

蟻が自宅内に侵入してきた。飼っている猫がすぐに反応して退治に乗り出したが、蟻は猫の足元を悠然と通り過ぎていく。視力があまりよくない猫にはまかせられない。蟻を駆除するには侵入路を確かめ、薬品の使用も含めた適切な対処法を講じるしかない。

家屋に侵入した蟻と人間の闘いは今に始まった話ではない。「動物信仰事典」（芦田正次郎著、北辰堂、一九九九年）によれば、「ちはやふる四月八日は吉日に神下げ虫を成敗ぞする」という呪文を甘茶ですった墨で紙に書き、逆さにして蟻が通る道筋に貼るといいとされた。似たような呪《まじな》いは他にもあり、宿屋などでは「蟻一升十六文」という蟻避《よ》けの札が掲げられていたという。蟻に対して提示する宿泊費らしい。蟻を駆除するための方法としてどれほどの効果があったのかはともかく、そこには蟻と日本人の関係が見て取れる。

考える手掛かりは呪文の「四月八日」にあるだろう。その日は仏教の開祖である釈迦の誕生日とされる。「ちはやふる」という和歌の枕詞や甘茶も神仏ゆかりのものであり、蟻の退治にしては大袈裟ではないか。しかも宿泊費を掲示するなど、蟻はもはや害虫を超えたひとかどの存在である。

日本人の目に、蟻は一目置くべき存在と映っていたようだが、それは蟻の不思議な能力のせいかもしれない。蟻が地面の穴を塞いだ時や、行列の進み具合が速い時には、雨や洪水の前触れとみなされた。逆に雨が降っていても蟻の姿を見つければ晴れになるとされ、蟻は天気の変化を予知できる神がかった生物とみなされていたようだ。

蟻を好意的な存在とみるのは欧州も同様で、イソップ童話の「アリとキリギリス」では勤労者の象徴として登場し、人間が見習うべき行動を示す生物とされる。

また、日本では蟻が力持ちであることから、食べると力が出るという俗信もあったらしいが、南米には食文化として定着している地域がある。ブラジルのアマゾンに出かけた時、現地人に腹痛を訴えると小瓶に入った何匹もの蟻を丸呑みするように勧められ、ますます腹が痛んだ思い出がある。ベネズエラの先住民ペモン族とギアナ高地を探検した時には、蟻を唐辛子などに漬け込んだクマチェという香辛料が振る舞われた。

だが、世界の中でも日本ほど蟻に親和性を抱く国民はいないのではないか。蟻避けに神仏の力を必要とするばかりか、蟻ゆかりの神社もある。

その逸話は「枕草子」に紹介されている。曲がりくねった穴が中を通り左右に貫通している玉が唐の国から届き、「糸を通してみよ」という難問が出された。知恵者の発案で穴の片方に蜜を塗り、糸を結んだ蟻をもう片方の穴に入れると、蜜の匂いに惹かれた蟻は反対の穴から出てきた。見事に糸が通り、唐は日本の侵略を諦めたという。蟻通明神《ありとおし》を祭る蟻通神社（大阪府）の社名の由来の一つと言われるエピソードだ。

蟻について知れば知るほど、粗末には扱えなくなっていく。やはり我が家も古式ゆかしくお呪いに頼るしかないか……。

（2021・6・5）

鉄棒の人生哲学

小学四年生の娘が逆上がりに挑戦している。鉄棒に向かってジャンプする姿を見ていたわたしは「もっと腕を引いて」とか「足が上がってない」など、気づいたことを言った。

だがどうすれば腕を引き、足を上げられるようになるのか――。コツを教えようにも、自分でやってみないことにはわからない。娘に言ったことを頭の片隅に置き、鉄棒を握ってエイヤッとジャンプしてみる。ところが、棒に足腰が触れることさえなかった。「昔はできていたはずなんだが……」。再三挑戦するも、撃沈の連続だ。

インターネットで動画を検索すると、逆上がりのコツをまとめたものがいくつも公開されている。まずはそれらを確認する。
・足をチョキの形に前後に開く。
・頭上のボールを狙うイメージで片足を大きく蹴り上げる。

・肘をグッと曲げ、地面についているもう片方の足でジャンプする。
・回転する足を視線で追えば体は鉄棒の上でくるりと一回転する。

どの動画を見てもポイントは単純だ。講師の実演はいとも簡単そうに見え、自分も同じように軽々とできるような気になってくる。

手順を確かめ、もう一度、娘とともにいざ鉄棒へ。だが現実はそう簡単ではない。わたしは鉄棒の上で足を逆さに立てるところまではできたが、そこから先、ぐるりと一回転ができない。できるようになるには、何度もチャレンジするしかない。

子どもと鉄棒を始めたことで、思いがけない心境の変化が二つあった。一つは、鉄棒に向き合っていた小学生当時の瑞々しい気持ちがよみがえったことだ。それはノスタルジーのような甘美なものではない。時間を巻き戻されたように、わたしは逆上がりができない自分と向き合っている。

昔はできたのに……。鉄棒に限らず、年齢を重ねるたびにそのようなことが増えていく。できなくなったことをそのままにしておけば退化していくばかりだ。生きることは常に何かに挑戦することだ。未体験のことだけが挑戦ではない。できなくなったことへの再挑戦には、新しいことを始めるのとは違って、自分を再生していくような充足感がつけ加えられる。

また鉄棒は、ワンパターンな親子関係を根底から揺るがした。普段、宿題を見ている指導者としての親の立場は、鉄棒には通用しない。計算や漢字などを知っているから宿題を教えられるのであって、鉄棒ができなくなった今のわたしのアドバイスに、どれほどの重みがあるだろう。

むしろわたしと子どもは、鉄棒に関して、ちょっとしたライバル関係にある。どちらか先にできた方が指導役に回ればいいではないか。親は何かと指導者や管理者であることを求められるものだが、時には子どものライバルか、指導を受ける立場になることがあってもいい。一緒に取り組むことが、お互いにとって新しい学びの場に変わる。

身近にある公園の鉄棒だって人生を新しい方向に変えるツールになる。今年の夏休みのチャレンジが一つ増えた。

（2021・7・24）

夜中の爪研ぎ

「草木も眠る丑三つどき……」と言っても幽霊の話ではない。午前二時ごろ、自宅の階段でガリガリと音が鳴り目を覚ました。飼いネコが絨毯《じゅうたん》で爪を研ぎ始めたのだ。以前であれば駆けつけてやめさせていたが、最近はやりたい放題に任せている。家じゅう手当たり次第に爪を立てられたのでは困りものだが、気に入った爪研ぎ場は限られている。ネコを飼うならあまり目くじらを立ててもいられない。視点を変えてみるなら、引っ掻き爪で飛び出した毛糸や毛玉だって、どこぞのアーティストが手を加えたテキスタイル作品のようではないか……。

とはいえ、親バカのようにネコの爪研ぎを容認できるのはそこまで。爪をのばしっぱなしにしていては飼い主の生傷が絶えない。

わが家でネコの爪切りは一大事だ。洗濯ネットに追い込み、おやつを与えながら行うのだが、洗濯ネットを見た瞬間、ネコは機嫌をそこね「爪はネコの命」と言わんばかりに抵抗する。

確かにネコはその鋭い爪で不可能を可能にする。ピアノの背後に落ちても、ジャヤンプしてピアノカバーに爪を引っかけ、身長の何倍もある垂直の壁をよじ上ってくる。その勇姿は難攻不落の断崖絶壁に挑むロッククライマーそのものだ。そんなネコから爪をとったら、単なるもふもふ動物にすぎない。肉球の間に隠し持つ爪があるからこそ、ネコは離れ業をクールに決める冒険者でいられるのだ。

それに比べて、人間の爪が大活躍する場面はあるだろうか。砂漠や無人島など自分の探検を振り返ってみても、爪といえば勝手にのびてくる煩わしい存在でしかない。放置すれば割れてストレスが溜まる。わたしは木や石をヤスリ代わりにして爪を研いだが、ネコのようにはうまくいかず、割れた爪の間から血が滲み出る始末だった。

だが、人間の爪は無用の長物ではない。指先を保護し、手で物を掴みやすくする役割がある。また、爪のおかげで足先に力が入り、体を支えて歩けるようになる。

危機一髪の局面で、わたしも爪に助けられた体験がある。失われた古道を求め、日本アルプスの剱岳《つるぎだけ》に挑んだ二〇一八年のことだ。地面に生えた樹木の根や草を頼りに、斜度四五度もの谷筋を這い上っていた。

運悪く途中で雨が降り出し、不安定な足場はさらに滑りやすくなった。堅い木や、根がしっかり張った草を見極め、祈るような思いで飛びつき足をかけた。バランスを崩しそうになる度に足の小指で全体重を支え、どうにか崖の上に到着した。下山後に靴を脱いでみると、足の小指が内出血して爪が剥がれかけていた。爪先立ちで踏ん張り通し、滑落せずに登り切れたのは足の爪のおかげだったのだ——。

華麗な離れ業をやってのけるネコの爪に比べたら地味かもしれないが、人間の爪も絶体絶命を切り抜ける立派な冒険ツールになるのだ。ネコを見習って、自分も爪をもっと大切にしなければ——。ネコに眠りを遮られるまま、爪についての思いにふけるまま秋の夜長は過ぎていった。

（2021・9・11）

探検家は仮装する

あす十月三十一日はハロウィンだ。今年も町のあちこちでお化けなどに扮する子どもたちを見かけるだろう。

ハロウィンはもともと、古代欧州に起源を持つ伝統的な行事だったが、アメリカで仮装イベント化したものが日本に伝えられた。カボチャやドラキュラ、小悪魔、黒猫といったお決まりの仮装をする人に加え、最近ではアニメの登場人物やゲームキャラクター、日本の殿様やお姫様なども加わり多様化している。「お菓子をくれなきゃ、いたずらするぞ」という合言葉も耳にはするが、ハロウィンが「変身願望を叶える日」と思っている人は少なくないのではないか。

変身とは外見を変え、自分と異なる存在になることだ。探検家にとっては必要なスキルと言える。物事を冷静に観察して新事実を発見するためには、他人から詮索されたり、邪魔が入ったりすることを避けなければならない。特に海外では、いかに怪しまれないかに成否がかかる。

現地人になりすましてチベットを探検した河口慧海《かわぐちえかい》（一八六六〜一九四五年）のように、わたしも現地人の服装を注意深く観察してまねてみる。例えばアラビア半島に出かけた時は、現地人と同じように髭《ひげ》を伸ばし、アラブスカーフで顔を覆った。ブラジルでは岩だらけの場所でも靴から履き替えたビーチサンダルのまま歩き、厳冬期のシベリアでは毛皮のロシア帽で極寒の社会に溶け込んだ。現地の服装を身に着けると人目につきにくくなるばかりか、出会う人に親近感を与え、困った局面で力を貸してもらえることもある。

だが場に同調しすぎて失敗したこともあった。支援を求めようと企業を訪問した際、その場の雰囲気に合わせてスーツ姿で出かけたら、「本当に探検家さんなのですかね……」と冗談混じりに怪しまれた。

人間は初対面の相手を見た目で認識することが多い。いや、認識ばかりか、世間は探検家らしくない探検家を簡単には信用してくれない。

そこでわたしは誰もが探検家とわかる服装や道具を調べてみた。世間が抱くイメージに近いのは、かつてアフリカなどへ狩猟旅行に出かけた人が身に着けたサファリジャケットとピスヘルメット（探検帽）の組み合わせだろう。現在その格好で探検に出かけたら目立って仕方がない。それは映画に出てくる探検家の姿であり、現実とかけ離れた虚像なのだ。

わたしはあえてその非現実的な探検家キャラクターに変身してみた。サファリジャケットとカウボーイハットを身に着け、双眼鏡、方位磁石などを手に人前に出る。するとわざわざ「探検家」を名乗らなくても、見知らぬ人から「これから山にでも行くんですか？」と話しかけられる。それ以後、講演や野外イベントなどに探検家として出演する時は、世間が思い描く姿に変身して出かけるようになった。

変身や仮装は、自分を別物に変えるだけではなく、正しい自分のイメージを示すためのものでもある。ハロウィンの仮装者の中には後者が混じっているかもしれない。

（２０２１・10・30）

悪霊の正体

十一月下旬の日曜、自宅の駐車場で車を清掃中に指先をケガした。切れた傷口から血が一気に流れ出した。その夜、今度はキッチンにある棚の角に頭を強打し、血があふれ出すケガをした。一日のうち二度も自分の血を見るようなケガをすることはまれだ。

振り返るとケガの前日、わたしはパワースポットと呼ばれる場所に出かけていた。青森県の新郷村にある通称「イエス・キリストの墓」だ。キリストが来日した事実はなく、新郷村に隠れキリシタンが存在した記録もない。二度のケガの原因は「悪霊でも連れてきてしまったからか？」とも思ったが、何の悪霊かさえ曖昧だ。

キリストの墓を訪れた日、最初に向かったのは秋田県と青森県の境にある十和利山《とわりさん》（標高九九一メートル）だった。十和利山といえば二〇一六年に秋田県側で起きたクマ襲撃事件が記憶に新しい。その場所に行くというだけで緊張感が高まり、クマ鈴一個、大音量の携帯スピーカー、ヘルメット、ピッケル、最後の最後で取り出すクマ撃退スプレーを持って山に入った。

現地には他の登山者の姿はなく、頼れるのは自分ひとりだけだった。幸い霜が降りるほど冷え込んでいたためか、クマに会うことなく無事に下山できた。

続いて向かったのは新郷村《しんごうむら》の大石神《おおいしがみ》ピラミッドだ。「ピラミッド」と呼ばれているが、ここでは昔の自然崇拝の聖地となった巨石群をさす。めざす場所は山中にあり、イバラのトゲに刺されながら藪漕ぎを続けて急斜面を這い登り、ついに現場に着いた。巨石群を見上げるわたしの足元に落ちていたのはクマの糞。背筋が一瞬、凍りついた。まだやわらかいことから、そう遠くへは行っていないはずだ。近くにクマの気配はないか五感を最大限に働かせながら調査し、下山した。

振り返ってみると自分の凶事は山から帰った翌日、危険な山ではなく平和な自宅で起きた。無事に帰宅したわたしの緊張感が緩み、注意散漫になってケガに繋がったのだろうか。だが、その時のわたしは帰宅後も神経が高ぶったままだった。肉体は自宅に戻っても、精神がまだ山の中にあるかのような感覚と言えばいいだろうか。そのため緊張感の緩みによってケガをしたとは思えない。

注意力とは何か。集中して周囲に気を配り、危険を察知することだ。わたしの場合、山でクマに対して働かせた注意力が強すぎたため普段であれば日常生活の中で気づけたはずの危険を察知できなかったのではないか――。

一般に注意散漫は緊張感の緩みから引き起こされるものとみなされるが、逆に緊張感がありすぎても注意散漫になる。しかも気分が張りつめているという自覚があるため、自分の不注意をケガの原因と認めず、悪霊などのせいにする思考となる。

今回、日常で流血の惨事を引き起こした魔物の正体もそこに透けて見えてくる。下山後も自分の中に残っていた緊張感は、クマに対する恐怖心だ。それこそがわたしを惑わせる悪霊だったのだ。

（2021・12・18）

本を書く

数年前、新しい視点で東京を探検するルポを週刊誌で連載した。探検家の性分からか、調べ切るまで納得しないわたしを編集部は「資料の虎」と呼び、必要な文献を図書館で調べる調査員を雇ってくれた。二年がかり十六回シリーズの連載を終えてみると、ダンボール五箱分の資料が部屋の片隅を占拠していた。

今は四月刊行予定の書籍の原稿と向きあっているが、やはり多くの資料が必要だ。以前なら読みたい書籍をリスト化しておき、上京時に図書館を回って探して読んだ。ところがコロナ禍の影響で東京に行く機会が激減し、仮に出かけたとしても大学図書館の利用は学内者に限定され、国会図書館でも平日の限られた時間以外は入館が抽選予約制になっている。

ステイホームしながらでも図書館のネットワークを利用すれば、意外に多くの資料が見つかる。一部の図書館では未収蔵本を県内外の別の図書館から取り寄せる相互貸借サービスがある。わたしも積極的に利用しているが、届くまでに時間がかかる。やはり近くの所蔵館を見つけて出かけるのが最善策だ。

だが思い通りにいくとは限らない。見たい本が秋田県立図書館にはなく由利本荘市の図書館にあると教えられ、車で一時間かけて出かけたことがある。無事に手にして安心したのも束の間、中を開くと必要な部分が掲載されていない。同じタイトルに惑わされたり、改訂によって内容が変更になる場合もある。本は開いてみるまでわからない。

見たい資料に限って入手困難なものが多いのも困ってしまう。特に郷土資料は発行部数もわずかで、九州のような遠隔地で刊行されたものは東北近県の図書館ではまず見つからない。どうしても必要となれば購入するしかない。

最近、古書店で見つけた本は千ページを超え、相応の値がつけられていた。わたしが必要とするのはその中のわずか数行なので、できればコピーで済ませたい。だが思い悩んでもいられない。チャンスを逃したまま売り切れとなり、以後見つからなかった本は他に何冊もある。

なぜわたしは資料にこだわるのか——。世界屈指の蔵書量で知られるロンドンの大英図書館で一年がかりの調べ物をしたことがある。一つのテーマについて可能な限り閲覧するにつれ、不思議な感覚に陥った。静謐《せいひつ》なはずの図書館で、一度本を開けば、本同士が白熱した議論を繰り広げ、実に騒々しいほどに感じるのだ。数百年の間に書かれた本の著者らが一堂に会し、時空を超えて交流するのを目の当たりにしたかのようだった。

本との出会いにも縁があり、人脈のようなネットワークが築かれる。わたしは本を書き始めてその見えない連鎖を意識するようになった。それぞれの資料の声に耳を傾けるうち、自分に何が書けるのか、書くべきなのかが明確になる。書かれ尽くされたかに見えるテーマでも書かれていないことはまだあり、図書館で「書け」と背中を押される。今では自分が本を書いているというよりも、資料によって書かされているのかもしれないと思うようになった。

（2022・2・12）

もしもの世界

部屋の整理をしていたら、懐かしい本が出てきた。『ジュニアチャンピオンコース絵ときSF　もしもの世界』（日下実男著、学習研究社、一九七三年）だ。「もしも太陽が燃え尽きたら」といった仮説をもとに、現実世界がどのように一変するかを解説した本だ。

他には「大恐竜が生きていたら」「引力がなくなったら」など非現実的な話もあれば、「富士山の爆発」「東京の大地震」のように現実に起こりうる自然災害、「海底に人間が住めたら」「宇宙人がやってきたら」といった夢想も並ぶ。当時、小学生だったわたしは、怖いもの見たさと未知への好奇心が入り混じるような気持ちで繰り返しページをめくった。

今思えば、この本がわたしに与えた影響は大きかった。ロビンソン・クルーソーやサンタクロース、浦島太郎など、架空であるはずの存在に「もしも実在していたら……」と疑問を投げかけるようになったのは、もしもの世界を科学的に検証するおもしろさを教えてくれたこの本がきっかけだった。

わたしは思考の中で意図的に「もしも」を問いかける。例えば、浦島太郎の物語の中で浦島が亀に会わなかったらどうなっていたか。亀を助けない浦島に龍宮行きのチャンスは訪れなかったはずだし、昔話そのものも存在しないことになるだろう。ところがその仮説は見事に突き崩される。歴史を紐解くと八世紀の『万葉集』に長歌として収められた浦島伝説には亀が登場しない。漁に出た浦島は海上で乙姫と出会い、ともに神界へと出かけていく。

もし玉手箱を開いても老人にならなかったら……。それは浦島とは違う別の話になってしまうだろう。だが同じく八世紀の『丹後国風土記』にある話の中で浦島は老人にならない。諸説あるが、箱の中から飛び出したのは乙姫の御霊であり、二人は永遠に会うことができなくなった。

もし浦島が龍宮に居続けたなら……。物語は中断し、浦島は不死の肉体を得て、その地で生き続けることになるだろう。なぜ物語はそうならなかったのか――。

「もしも」を問いかけると、現代の話とは様相を異《こと》にする過去の話にたどりつく。

そこから「なぜ?」と疑問が立ち上がり、追跡が始まる。「もしも」という思考は常識の壁を打ち破るきっかけを与えてくれた。

『絵ときSF　もしもの世界』を改めて開くと「もしも死なない薬が作られたら」という項目があった。その回答は現実的だ。年を取っても死ぬ人がいなければ、生まれてくる子どもの数だけ人口は増加する。土地や住宅、食料などには限りがあるからすぐにゆきづまり、国としては子どもを産むことを禁止しなければならなくなる、とある。

理想郷と憧れられている龍宮の実情は、子どもがいない寂しい世界なのかもしれない。人間は死ぬからこそ、次世代に生きるチャンスが与えられる。それこそが本当の幸せというものだろう。

「もしも」を考えることは物事を逆説的に捉えることだ。現実や実情を批判的に見つめ直し、物事の正しい在り方や生き方を見つけ出すきっかけになる。

(2022・4・2)

良寛の手まり

研究レポート「良寛ミステリー〜手まりは本当に弾んだのか〜」が届いた。歴史や物語の背景追跡がテーマのわたしの活動に共感する県内中学校の教師が、生徒らと取り組んだ研究の成果を送ってくれたのだ。

江戸時代中期の越後国に生まれた良寛（一七五八〜一八三一年）は、子どもと夢中で遊ぶ僧侶として知られる。托鉢《たくはつ》のために出かけた村で出会った子らとかくれんぼに興じ、翌朝になってもまだ隠れていたという逸話が有名だ。彼は子どもと遊ぶためにいつもおはじきや手まりを袂《たもと》に忍ばせていたらしい。

中学生たちが挑んだのは、そんな良寛のまりつきにまつわる謎だ。地面にひざまずき、手まりをつく良寛の姿を描いた絵がいくつかある。絵の中で手まりは躍動し、宙に舞っているように見える。

当時の手まりはゼンマイ綿の芯の上に木綿糸を巻き、色糸で表面の模様を編んだ直径六、七センチほどのものだった。実際に絵のように大きく弾んだのか——。それを確かめるべく、生徒たちはゼンマイ綿などを集め、手まりを作り始めた。形や密度、大きさを変えながら繰り返される実験は試行錯誤の連続だ。

その結果、手まりを弾ませるにはゴム製のボールより大きな力が必要とわかった。疑問から仮説を立て、実験と考察を重ねる中学生のひたむきさが光る。

絵のように手まりを弾ませて遊ぶのは楽なことではなかったようだ。

それにしても生徒たちは、良寛のどんなところに心を動かされたのか。歴史に名を残した名僧は数知れない。不屈の精神で来日し仏教を伝えた鑑真。仏教の新宗派を開いた空海、最澄、法然、親鸞などの高僧はもちろん、江戸幕府の中枢で権力を振るった天海といった精神的指導者がいた。一方、旅に生きた歌僧の西行、とんちの名人という伝説がつきまとう一休の名も挙がる。良寛も彼らと同じく異色の存在に数えられる。

良寛は寺を持たず草庵に居を構え、托鉢しながら食うや食わずの生涯を送ったが、何より子どもと遊ぶ姿に人々の思慕が寄せられた。中学生らが良寛のまりつきにおもしろさを感じたのは、良寛の生き方に共感できる純真な心があったからだろう。

良寛がまりつきに没頭した理由はわからないが、『良寛さん』(植野明磧著、柏樹社)によると、知り合いの漢学者に次のように述べたという。「子どもが楽しみ、わしが楽しみ、一度に双方が楽しむ、こんな大きな楽しみはないではないか」

良寛にとって手まりは単なる玩具を超え、他者と自分の壁を取り除き、絆を強め、喜びを深めるものだった。現代のボールのように弾まない手まりが果たした役割は大きかったはずだ。

中学生らは良寛の研究者とも交流を深め、夏には全国良寛会で講演をすることになったという。そんな展開を何より喜んでいるのは良寛その人だろう。研究者ばかりか、指導に当たる教師や中学生らが集う輪はより一層大きくなった。そこから生み出される楽しさや喜びは無限大に広がっていく。時空を超えた中学生らが良寛とまりつきで遊ぶ――。ふと、そんな光景が脳裏に浮かんだ。

（2022・5・21）

防災サバイバル

新聞紙で作るロープで自動車を牽引できるだろうか？

そんな疑問を抱いたのは今年五月、本紙「県民防災の日」特集で新聞紙を使ったサバイバル術を解説した時だった。新聞紙には保温効果があり、丸めるとクッション性もある。その性質を利用して防寒着や防空頭巾を作れば生死を左右するサバイバルにおいても有効と訴えた。

特集の中で新聞紙の強度を利用した道具も紹介した。新聞紙で作ったロープで怪我人などを一時的に担ぎ上げ搬送するテクニックだ。事前の実験では人間以外にも重い机を動かすことができた。もしかしたら自動車ぐらい引っ張れるかもしれない――。そんなひらめきが具体性を帯び、今月二日、新聞紙のロープで自動車を牽引する公開実験が行われることになった。

本番に向け、ロープの試作やテストを行う。人間や机の重さに耐えたのは新聞紙を二枚重ねで折ったロープだ。自動車の重量に耐えられるよう、強度を上げた三枚重ねのロープも用意する。新聞紙を細く折り込んで紐状にする作業には強い握力が要る。何本も作ると爪の間が真っ赤に腫れ上がるほどだ。

作ったロープで自動車を引っ張ってみる。道の傾斜に気づかず無駄に時間を費やしたり、小雨の中でロープが切れてしまったり、思わぬ伏兵に悩まされた。辛うじて三枚重ねのロープで成功させたが本番を前に不安は拭えない。

紆余曲折の中で考えた。なぜわたしはこんなことを始めたのか――。「ロビンソン漂流記」の実在モデルや江戸時代の日本人漂流民の足跡を追ってきたわたしにとって、サバイバルは単なるお話の中の出来事では済まされない。現在でも地震や豪雨で被災した人の体験を知ると、生還者の多くがロビンソンのように身の回りのものを応用して困難を乗り越えている。

残念なことに彼らの体験は防災訓練に反映されることは少ない。訓練は想定内の災害を対象とし、想定外の被災やサバイバル実践は除外されてしまう。だが実際の災害はシナリオ通りに済むとは限らない。想定内と想定外を組み合わせた防災サバイバルならば一人でも多くの命を救う理想に近づけるはずだ。そう考えるわたしにとって自動車牽引の実験は新聞紙の強度を公衆の面前で見極める、防災サバイバルの実践なのだ。

ついに本番の時がきた。参加者が集まる会場には二台の小型車が縦に並べられ、新聞紙ロープで繋《つな》がれている。わたしは発進の合図となる笛を吹いた。

三枚重ねのロープは危なげなく車を引っ張った。二枚重ねのロープは途中で切れたものの、わずかに車を前進させた。工夫次第で、一枚重ねのロープでも小型車を引っ張れるかもしれない……。そんな新たな可能性も浮上した。

今回の公開実験により新聞紙には小型車を牽引できるほどの強度があることがわ

かった。天候や状況を考慮しながら活用すれば、新聞紙は命を救う強力なツールになりうる。こんな防災サバイバルの社会知を生み出す機会をもっと増やしていきたい。

（2022・7・9）

潜伏キリシタンを支えた食文化

長崎県の五島列島にある野崎島を旅した。無人島になって久しいが、二〇一八年に世界文化遺産「長崎と天草地方の潜伏キリシタン関連遺産」の構成資産として旧野首教会と舟森集落跡が注目を集めた。どちらも江戸時代の弾圧を乗り越えた潜伏キリシタンの歴史を伝える証だ。

青い海と空を背景に立つ赤い煉瓦造りの旧野首教会は野首集落に暮らしていた一七戸の信者により一九〇八（明治四一）年に完成された。

野崎島の暮らしは厳しい。平坦な場所が乏しいため人々は山の斜面に小さな畑を切り開き、そこで育てた穀物で口糊を凌ぐしかなかった。共同で炊事を行って一日二食に切り詰め、キビナゴ漁で資金を集めるなどし、生活の安定や豊かさよりも教会堂の建造を優先させる日々を送った。それは二五〇年以上に渡り弾圧に屈しなかった彼らの信仰の象徴そのものと言っていいだろう。

キビナゴで建てた教会堂。暖流域に生息するキビナゴは十センチメートルほどのニシン科の魚だ。綺麗な水の中でしか生きられず、水の外に出すとたちまち死んでしまう。そのため空輸が発達した現在でも地産地消がメインだ。漁期となる冬と初夏の需要は多そうだが高級魚ではないため、その収益で教会堂を建てるのはやはり並大抵のことではなかったはずだ。

長崎での取材を終え、同行してくれた知人に次は講演で金沢に行く予定だと話すと、長崎と金沢の歴史秘話を教えてくれた。明治時代の初め、長崎の潜伏キリシタンが金沢に流罪となった。困窮生活を強いられた彼らは川でどじょうを獲り、蒲焼きにして商売を始めた。それが金沢の郷土料理として親しまれるようになったという説だが、今では起源を知る人は少ないという。

潜伏キリシタンらが金沢市街地にある卯辰山《うたつやま》に幽閉されていたことを知ったわたしは講演の翌日、現場に出かけてみた。ツツジやハナショウブが咲き誇り、人々に親しまれる市民公園の華やかさとは対照的に、牢獄があった場所は、市街地に背を向けた谷間にあった。草木をかき分けその場に立つと、山にぐるりと囲まれた空は狭く、水

潜伏キリシタンの歴史を訪ねて（© 中田寛也）

はけの悪い地面は陰鬱《いんうつ》な気分にさせた。温暖な長崎から来た人にとって、寒さが厳しい冬は耐え難い場所だったに違いない。

卯辰山を降り、近くにあるどじょう蒲焼きの店を訪れた。甘辛いタレが絡み、滋味に富む。潜伏キリシタンの歴史を思うと味わいは格別なものに感じられた。

潜伏キリシタンの歴史を追うと、彼らは身近に存在するキビナゴやどじょうに着目し、それを商材として生活を成り立たせ、教会堂建築という夢さえ叶えていたことがわかる。その生き方は聖書の名言「狭き門より入れ」を思わせる。彼らがその言葉を知っていたかはわからない。だが、彼らが実践した生き方はまさにその教えの真意を貫いている。彼らのキビナゴ漁やどじょうかば焼きも世界遺産として後世に伝えていきたい。

（２０２２・８・27）

滅びの観察

「死んじゃった？」

「まだ生きてる」

九月後半、飼っているカブトムシのオスについて家族の間でそんなやりとりが繰り返されるようになった。

三匹の幼虫が我が家にやってきたのは夏が始まる前の五月だった。七月上旬にオス一匹、メス二匹の成虫となり、飼育容器の中を元気に這い進み、止まり木に登ってはバタバタと羽を震わせた。飼い猫はそれに興味津々の様子で、餌やりや掃除で容器を開けるタイミングを見逃さず近寄ってきた。そして前足を突っ込んではカブトムシの甲を肉球で押さえ付け、爪を伸ばして引っかき出そうと躍起になる。それに対し、オスは勇敢にもツノを立ち上げ応戦した。

交尾を終えたメスが死んだのは八月下旬だった。もう一匹のメスも交尾後の九月中旬に死んだ。一般にカブトムシのメスの寿命は二、三カ月ほどで、オスはそれより一カ月ほど短命だという。オスの方が長生きなのは珍しい。我が家の場合、敵がいないオスに対して、たまにちょっかいを出す猫が適度な刺激になったのかもしれない。

子どもの頃、カブトムシは憧れの存在だった。生きる戦闘車のごとき強靭《きょうじん》さがリスペクトに値した。だが今のわたしは強いだけではないカブトムシの方にも心が向く。

昨年の秋、ハキリアリを展示している多摩動物公園の記事をウェブで読んだ。通常、動物園では元気な生物が展示されるが、そこでは女王アリの死後も巣の公開が続けられた。若いアリが姿を消し社会が衰退へと向かう姿をありのまま観察することができたのだ。わたしは会期中に足を運べなかったが、滅びから生命の尊さを考えさせる試みに大きな刺激を受けた。それは過疎化に直面する現代日本のありようを映し出しているようにも思えた。

カブトムシを飼い始めたわたしが気になったのはその滅びについてであった。最強を誇る虫はどのような最期を迎えるのだろうか?

容器の中に一匹で取り残された後、オスは動き回ることが少なくなり、餌も食べなくなった。カブトムシにも社会があり、やはり一匹で生きているわけではないことがわかる。

終わりの始まりは手の先端がもげてしまったことだ。鋭い爪を失ったことで止まり木に摑まれず、地面の上にひっくり返ってしまった。そのまま起き上がれず死んでしまうこともあるらしい。六本の手足のうち一本の先端が欠けただけでも大きなダメージだ。

十月に入り気温が下がると、じっとしていることが多くなった。体重は軽くなり、手足も活発に動かない。それでも、猫が手を突っ込んだ時にはツノに力を入れて対抗する姿勢を見せた。だが長くは続かず、ついにその命を終えた。

子どもの頃には気づかなかったが、衰えてから死ぬ間際までカブトムシのオスは勇敢さを失うことはなかった。その滅びのプロセスから、生きる意味や尊厳を教えられる。生きるとは持って生まれた自分らしさを全うすることなのだ。

（2022・10・15）

漁村の名言

名言は歴史上の偉人が発するだけではなく、何気ない市井の人の会話にも潜む。先日、取材に訪れた福井県小浜市で耳にした言葉にふと考えさせられた。

出かけた内外海《うちとみ》半島は市街地が臨む小浜湾と外海に当たる日本海とを隔てる半島で、周囲にいくつかの漁村が点在する。半島の東岸に通じる道の最果てに宇久《うぐ》の集落がある。現在十世帯、人口わずか三十九人という小さな漁村だ。民家が肩を寄せ合うように狭い山の斜面に立ち並び、家の軒下に吊るされた干し魚が浜風に揺れていた。

地図を見ると宇久湾の隣には人が定住できそうな天然の良港が二つも並んでいる。人が住んでいないのは、過疎化の影響などもあるのだろうか——。案内してくれた地元の人に問いかけると思いがけない答えが返ってきた。

「昔から『減らさず増やさず』を守ってるんです」

それら天然の良港は人口減少によって無人化したものではなく、意図的に無人を保っているという。もし隣の湾に誰かが暮らし始めたら、遅かれ早かれ漁場をめぐる争いが生じるだろう。共存できたとしても限りある漁業資源を折半することになり、耐乏を強いられかねない。「減らさず増やさず」とは宇久が需給バランスを保ち、集落を安定的に存続させるために見出された伝統なのだ。

わたしは禅語の「吾唯足知（吾ただ足ることを知る）」を思い出した。京都の龍安寺にある手水鉢《ちょうずばち》に刻まれているものが有名で、欲を出さず足ることを知れば心が穏やかになると説いた釈迦の言葉に由来する。近年では持続可能な発展を考える上で重要なキーワードとみなす人もいる。

とはいえ足ることを知るのは難しい。自分にとって本当に必要なものと不必要なものは何か――。その実践から心の平穏を得るのは、なおさら難しい。

わたしが宇久で衝撃を受けたのは「減らさず増やさず」という独自の伝統により「吾唯足知」が実践されていたことだ。全国的にみて人口減少に歯止めがかからない昨今でも、その人口は二〇一五年の九世帯三十七人からわずかながら増加に転じている。減ったら増やし、増えすぎないようにする。何よりシンプルで実践しやすい。

日本海に突き出す半島の小さな漁村はなぜ難解な禅語を実践するような社会を構築できたのか？　わたしと話をした人は長崎の五島列島に宇久島《うくじま》と呼ばれる島があり何か繋がりがあるかもしれないと言う。奇《く》しくも今年、五島へ出かけたわたしは貧しい人の自力更生に無人島が活用された制度を知った。安易に開発せず、公益のために無人域を残しておく点で小浜の事例と一脈相通じるものがある。

海路から陸路へと交通手段が変わった現在、市の中心部から見れば宇久は辺鄙《へんぴ》な場所と映る。だが外洋に開かれたその地は、海から伝わる文化と情報のフロントラインに位置している。「増やさず減らさず」は、海を通じた各地域との交流によって生み出された普遍的な知恵と言えるのではないか。

地方で耳にする言葉にも、日本ばかりか世界を明るい未来へと牽引するかもしれない名言が潜んでいる。

（2022・12・3）

旅の中のロシア

わたしが訪れた国の中でロシアは旅の難易度が高い。過去四度、江戸時代の探検家・間宮林蔵の足跡をたどる極東への旅がほとんどだったが、初回の一九八七年から二〇一四年まで、今思えば一国の現代史を定時観測するような体験でもあった。

最初の訪問である一九八七年はソビエト連邦の崩壊直前だった。ゴルバチョフ大統領はペレストロイカやグラスノスチといった改革を推進していたが、わたしの印象に残ったのは地方都市よりも重苦しい空気に包まれた首都モスクワの様子だった。店の前、氷点下三〇度になる屋外に、わずかな商品を求める長い行列ができていた。中には人目を憚るようにわたしに近づき、カバンを譲ってほしいと懇願する人もいた。旅行者であるわたしも許可を得た都市以外へは行けず、写真撮影も限られていた。

二度目の旅は十年後の九七年。すでに誕生していたロシア連邦に、かつての殺伐とした様子はなかった。サハリン島に出かけたわたしは、店先に積み上げられた中国や朝鮮からの豊富な雑貨や食材に目を見張った。旅行中の制限も緩和され、車で郊外へ遠出し、日本領時代の歴史や林蔵について博物館の学芸員に取材することもできた。だが予約していたタクシーが来なかったり、現地通貨の両替ができなかったり、旅行インフラが整わない中での旅はサバイバルそのものだった。エリツィン大統領は市場経済を急速に進めようとするあまり、それが裏目に出ていたのだ。

三度目の訪問はその九年後の二〇〇六年だ。プーチン大統領が掲げる強いロシアやエネルギー外交は人々の生活レベルを一層押し上げ、ハバロフスクの街は中古の日本車で溢れていた。わたしはロシア科学アカデミー極東支部の研究者とアムール川へ林蔵の足跡調査に出かけた。デリケートな歴史問題を含むだけに規制されるかと不安になったが思い通りの調査ができた。その一方、国内ではエネルギー問題が深刻で、われわれはガソリンを持つ人々をウオッカで接待し、ようやく船を先に進めることができるという有様だった。

一四年、四度目のロシアでは、メドベージェフ体制を経て再びプーチンが大統領に返り咲いていた。テレビ番組のロケで出かけたサハリン島北部は石油・ガス田開発により自信を得た人々で溢れていた。彼らはわれわれの足元を見るように車両や通訳などのロケ費を釣り上げた。奇しくもその年、ロシアはクリミア半島を併合し、それは昨年来続くウクライナ侵攻の引き金になった。

わたしが見たロシアはいつも矛盾を抱えていた。平等を謳う共産主義下で人々は物不足に喘ぎ、自由経済とはいえお金が役に立たず、エネルギー外交を掲げるも国内ではガソリン不足が深刻化する。ウクライナ侵略もロシアが抱える大きな矛盾が引き起こしたものだと思う。

振り返ると〇六年に調査ができたのは千載一遇の好機だった。今は同じような日が再び来ることを待つしかない。隣国ロシアを知らずして、日本の過去も未来もわからないのだから。

（2023・1・28）

時をかける学舎

母校の秋田市立中通小学校が創立百三十周年を迎えた。学校から連絡があり、六年生が歴代の卒業生を調べた「すっごい先輩　総選挙！」にわたしも選ばれ、寸劇つきで発表されたという。その縁でかつての学舎に招かれ、彼らに特別授業をすることになった。四十五年ぶりの母校には昔の面影があり、今っぽいところもあり、その場に立てることの幸せを噛《か》みしめた。

今回自分のこと以上に驚いたのは、総選挙の第一位が天野芳太郎《あまのよしたろう》（一八九八～一九八二年）だったことだ。彼は単身南米に渡り実業家として成功した後、ペルーで古代アンデスの遺跡を発掘し、収集品を展示する天野博物館を設立した。謎多きインカ文明を解明する上で貴重なコレクションであり、高い評価を受ける。

彼を尊敬するわたしはペルーの天野博物館に出かけ、奥様から生前の様子を聞いたことがある。天野は「情熱と好奇心の塊みたいな人だった」という。

彼の情熱は、同じ実業家で考古学者だったドイツのハインリヒ・シュリーマン

（一八二二～九〇年）への憧れから生まれた。架空とされたギリシア神話のトロイ遺跡を発見したことで知られる人物だ。一方、好奇心の火に油を注いだのはインカの失われた都市マチュピチュを発見したアメリカの探検家ハイラム・ビンガム（一八七五～一九五六年）だった。

「ロビンソン漂流記」など架空の物語を追跡するわたしは、シュリーマンの発想に影響を受けた。実在したロビンソンの住居跡を探し求めて南米チリに渡った時、ビンガムは目標とするロールモデルだった。わたしは天野の情熱と好奇心を追いかけるように生きてきたのだ。

その天野芳太郎が同じ学舎《まなびや》の先輩だったとは！　今回連絡をもらうまでわたしはそれを知らなかった。彼は中通小学校の前身に当たる秋田市高等小学校の卒業生だったからだ。わたしは子どもたちに問いかけた。

「天野さんのどこが魅力？」

総選挙の上位にスポーツ選手や科学者が挙がっていたのはわかるとして、天野を第一位に選ぶ感性はどこから来ているのだろうか。十代にしては渋く通好みで、随分と大人びているように思えた。それゆえわたしは「とんでもない世代が誕生してきたのではないか」と感じた。

わたしの問いに児童のひとりが答えた。

「諦めなかったところがすごいと思いました」

遠い外国に出かけ、戦時中に逮捕された困難を乗り越え、夢を叶えた天野の生き方そのものが印象に残ったのだろう。それはきっと彼らに未来を切り開く勇気を与えてくれるはずだ。子どもたちと接したわたしは、天野を慕う新世代の彼らがその情熱と好奇心を受け継ぎ、世界に羽ばたいていくに違いないと頼もしく感じた。

六年生は天野とわたしが同じ学舎で繋がっていたことを教え、天野は六年生とわたしをその学舎で引き合わせてくれた。まるでわれわれ三者が時を超えて出会ったかのようだった。

母校の小さい教室には、過去から未来に受け継がれる大きな夢と可能性が詰まっていた。

（2023・3・18）

求む！　探検家気質

「おたく水漏れしてますね」

水道メーターの検針員から指摘を受けたのは昨年末のことだ。漏水は微量らしいがそのまま放置してはおけない。水道工事を請け負う会社に見てもらうことにした。

水漏れした水道管を突きとめるには元栓の開閉を繰り返しメーターが動き続ける箇所を絞り込む。検査の結果、浴室が疑わしいと判明した。業者は床下を覗《のぞ》き込み風呂釜付近の地面が濡れていると指摘した。今すぐにでも修理をしてもらいたいと伝えると彼は渋い顔をした。床下に大きな柱があり、通路が狭くて通れないという。

「下からでは無理そうです」

彼はそう言い、浴室を壊して直すしか方法がないと結論づけた。微量な水漏れのために風呂釜まで取り替えなければならないとは想定外だ。後日伝えられた見積もり額にも目玉が飛び出た。

医者にセカンドオピニオンを求めるようにわたしは別の業者に点検を依頼した。やってきた人も漏水は浴室だというが給湯器付近が怪しいという。人により見解が異なるのは悩ましい。

どちらが正しいのか。自分で確かめて判断するしかなさそうだ。わたしは床下を覗き込み、風呂釜付近の地面を写真に収めた。そこに原因があるかどうかは濡れた地面の変化から読み取れるはずだ。だが漏水が微量であるためか一週間では変化がなかった。二週間待って再度床下を撮影し写真を比較した。すると濡れた地面の範囲は明らかに広くなっている。風呂釜付近の水道管が水漏れしていることは決定的だ。

確信を手にしたもののため息が漏れる。やはり浴室を壊して直すしかないのか……。いや、自ら床下を調べたわたしはあることに気がついた。点検を依頼した業者はどちらも床下には下りていなかった。

自宅の床下とはいえそこは薄暗い洞窟のようだ。好き好《この》んで入りたい人はいないだろう。洞窟を探検するわたしだっていつも戦々恐々だ。イースター島では足元に巨大ゴキブリの群れがいて肝を冷やした。美郷町にある潜伏キリシタンの洞穴ではコウモリが待ち構えていた。それでもリスク承知で洞窟に入るのは中に潜む答えを自らの目で確かめるためだ。それは自宅の床下にも同じことが言えるのではないか——。

確かに床下の大きな柱が漏水修理を困難なものにしそうだが、床下に行って漏水箇所を確かめた上での話ではない。つまり現状は探検未満なのだ。

検針員の指摘を受けてから2カ月以上が経過しストレスは溜まる。だがここは忍耐強く進めるしかない。わたしは狭い床下に下りて調べてくれる探検家気質の業者を探し出そうと腹を括《くく》った。

そしてたどり着いた第三の業者は臆《おく》することなく床下に潜り、腹這いのままスコップで地中の水漏れした水道管を掘り当てた。新しい水道管と交換し平然と床下から帰ってきた。

振り返れば自宅に居ながらにして洞窟探検をしたかのような密度の濃い数カ月であった。

（2023・5・6）

あとがき

本書のタイトルを決める際、編集者から三つの候補が提案された。『コロンブスの卵』『家事する探検家』『前人未踏』。いずれも本書に含まれるエッセイのタイトルで書名にもなりそうだという。そのままの流用とは芸がない気もするが――。

「売れればいいんですから」

編集者はそのように泰然自若、あっけらかんと答えた。

本の表題を決めるときはいつも七転八倒する。出版社はタイトルを宣伝広告における最大のキャッチコピーとみている。そのため本の性格などそっちのけで奇を衒った言葉を平気で選びたがる傾向がある。一方、著者としては「売れる」ことはもちろんだが、世間の無意識という五里霧中に打ち立てる意識の標柱のようなものにしたい、などと意気込んでみたりもする。タイトル選定は現実論と理想論がせめぎ合い、本が完成する直前の難所と言ってもいいだろう。

提示された三案のうち、編集者は『家事する探検家』を推したいと言った。しかもカバー表紙も、そのイメージでいきたいらしい。

やはりそうくるのか……。わたしは心の中で呟いた。エプロンをした探検家を前面に押し出そうというのは、奇を衒う出版人魂以外の何物でもないのではないか――。探検家の本としては「コロンブスの卵」や「前人未踏」の方がふさわしいと言えそうだ。だが、もともとわたしが書いたエッセイのタイトルであるだけに、家事する探検家は突拍子もないアイディアというわけではない。しかも他の二案とは表現こそ異なるが、同じことを言い表そうとした言葉なのである。簡単に言うなら常識にとらわれない生き方のススメだ。どこか遠くの非日常世界を求めるだけが探検なのではない。家事を始めたわたしは、たとえ平凡な日常の中に暮らしていても、視点を変えることによって手に汗握るスリリングな旅の一場面に似た体験が味わえることを学んだ。

振り返ると自分にそのような発想の転換が起きたのは、自由に旅に出られなかった生活環境が大いに関係ありそうだ。本書に収められたエッセイは二〇一二年から二〇二三年まで、秋田魁新報のコラム欄「遠い風近い風」に掲載されたものだが、その十一年間はわたしが子育てに奔走し、コロナ禍によって自宅から外に出られない時代の波に翻弄されもした時期に当っていた。

家事する探検家とは、わたしがたどり着いた灯台下暗しのことだったのだ。それは固定観念に捉われない自由な生き方という金字塔でもある。
編集者に奇を衒おうという魂胆があったかはともかく、彼がイチ推したタイトルと、著者が世間の無意識に打ち立てたい標柱のような言葉がピタリと重なり合ったことは、何とも幸せな巡り合わせであった。本書を世に送り出すに当たり、秋田魁新報社事業局の渡辺歩さん、柳山努さんにお世話になりました。表紙の写真を撮影してくれたデジタル編集部の藤岡真希さん、コラムが新聞紙面に掲載された時に丁寧にチェックしていただいた文化部の担当記者さんたちなど、直接間接本書に関わって頂いた皆さんに感謝致します。

二〇二三年七月

高橋大輔

家事《かじ》する探検家《たんけんか》
著　　者　高橋大輔《たかはしだいすけ》
発 行 日　2023年8月30日

発 行 人　佐川 博之
発 行 所　株式会社秋田魁新報社
〒010-8601 秋田市山王臨海町1-1
Tel.018(888)1859
Fax.018(863)5353
定　　価　本体880円＋税

印刷・製本　秋田活版印刷株式会社

乱丁、落丁はお取り替えします。
ISBN 978-4-87020-431-7　C0195　¥880E